PIE GRANDE

MONSTRUO DEL HIELO

PIE GRANDE

MONSTRUO DEL HIELO

MICHELE WALLACE CAMPANELLI

ARPress
45 Dan Road Suite 5
Canton MA 02021

Línea directa: 1(888) 821-0229
Fax: 1(508) 545-7580

Información sobre pedidos

Se ofrecen descuentos especiales para compras al por mayor a empresas, asociaciones y otras entidades. Para obtener más información, comuníquese con el editor en la dirección mencionada anteriormente.

Impreso en los Estados Unidos de América.

ISBN-13:   Rústica   979-8-89356-308-5
    eBook   979-8-89356-309-2
    Tapa dura   979-8-89356-310-8

Número de Control de la Biblioteca del Congreso: 2024901771

TABLA DE CONTENIDOS

DEDICATORIA

Este libro rinde homenaje a Dios, así como a personas muy especiales en mi vida. En primer lugar, dedico estas palabras a mi amado esposo, Louis V. Campanelli III, y a los queridos David y Greg. Mi gratitud se extiende también a Margaret y Tom, a Barbara Lossman, a Jim Bullard, a Jim Pauline, a Colette, a Ronnie, a Roger y Sue, a Christopher, a Kelsi, a Allyson y a Nick, así como a todo el entrañable clan Wallace y Campanelli.

Agradezco de corazón a Dawn y Ben Kreiselman, a Melisa y Dick, a James Cutro, a Barbara Koontz, al Dr. James N. Jacobson, a Sherry MacLean, a Mark y Nancy Brasel, al Dr. C. Peter Spiel, a todos los participantes en la Iglesia y Coro de St. James N. Jacobson, Sherry MacLean, Mark & Nancy Brasel, Dr. C. Peter Spies, y a todos los involucrados en la Iglesia y Coro de San Marcos, Shekinah & HNJ Drama. No puedo olvidar expresar mi agradecimiento especial al incomparable Champ, el mejor perro del mundo. Quiero reconocer y agradecer de manera especial a Fontaine M. Wallace, mi extraordinaria madre y editora personal. Ella me ha enseñado a creer en mí misma y en mis talentos. ¡A Dios sea la gloria!

Mis sinceros agradecimientos también van dirigidos a Whiskey Creek Press, a Debra y Steven Womack, a Melanie Ann Billings, a Sherry-Derr Wille, a Marsha Briscoe y a la talentosa artista Gemini Judson. Gracias por su valiosa contribución y por hacer posible la publicación de esta novela.

Busqué al Señor, y Él me respondió,
y me libró de todos mis temores.
-Salmos 34:4

CAPÍTULO 1

Permíteme presentarme, soy Adam Reese, biólogo afiliado al Zoológico del Reino Salvaje de Planet X. A lo largo de mi carrera, he explorado diversos rincones del mundo para recolectar las criaturas más imponentes, las cuales luego exhibimos en zoológicos. Además, me he dedicado a entrenar algunas de estas fascinantes bestias. Lo que estoy a punto de relatar es verídico.

Dejando de lado tus creencias en la teoría de la evolución, te invito a sentarte y crear una atmósfera propicia encendiendo una buena luz de lectura. La narrativa que se desenvolvió en una inmensa isla desolada, frente a la costa de Canadá, no solo te dejará atónito, sino que posiblemente te inquietará.

Todo comenzó con un mensaje urgente dejado por mi esposa separada en mi contestador. "¡Adam, necesito tu ayuda! Sabes que no recurriría a ti si no fuera absolutamente crucial. Planet X está enviando un avión. Ponte en contacto con Jack para averiguar el aeropuerto. ¡Ven de inmediato!"

Me alegró escuchar a Mary. En retrospectiva, debería haber prestado más atención al miedo resonante en su voz. En lugar de eso, todas mis esperanzas estaban puestas en que ella había decidido no divorciarse de mí, que este nuevo proyecto era una excusa para una visita.

En cuanto supe de ella, llamé a Jack. Me informó que estuviera en el jet a las nueve. Jack debía decirle a Adam en qué aeropuerto, pero solo dijo que estuviera en el jet a las nueve. Jack es nuestro jefe, dueño del Zoológico Planet X y del estudio de televisión donde mi esposa filma documentales de animales. Lo ayudé antes entrenando animales para las cámaras, pero esta vez las cosas parecían diferentes.

Debería haber seguido solo tras Mary, pero nuestro hijo expresó su deseo de visitar a su madre. En ese momento, no consideré nada negativo al llevarlo. Había estado ausente durante semanas y, siendo sincero, ambos la extrañábamos.

Al día siguiente, Sean y yo llegamos al jet unos minutos antes. Grace Landers, otra empleada de Planet X, estaba sentada a nuestra derecha. Con su pelo rojo corto escondido bajo un gorro de piel grande y su cuerpo delgado oculto en monos, Grace siempre me pareció, como siempre, como un hombre. Su ropa, su cabello, incluso su trabajo tenían un sabor masculino: camarógrafo. Me pareció extraño que esta vez enviaran a Grace en lugar de Mary.

Durante el vuelo, no le pregunté a Grace el porqué, solo observé a mi hijo Sean dormir. Solo pensaba en cómo podría contarle a Sean que su madre pidió el divorcio antes de irse.

Sean lucía tan inocente, con sus ojos oscuros cerrados y una juventud palpable a sus trece años. Poseía una atractiva belleza, con rasgos perfectamente proporcionados, algunas pecas marrones, y un cabello que adquiría un tono blanquecino similar al de su madre; de hecho, parecía más un reflejo de Mary que de mí.

Mientras pasaban las horas en el avión, lo observaba sumido en sus sueños, preguntándome si debía revelarle la verdad. No fue sino hasta que sobrevolamos la isla canadiense que decidí posponer ese momento. Los glaciares de hielo azul pálido conferían a la masa gigante una apariencia de cristales sólidos. Aquella hermosa isla desolada se presentaba como un espectáculo absolutamente impresionante.

Nuestro piloto ejecutó un aterrizaje enérgico en las proximidades de la costa, realizando dos suaves rebotes. Ataviado con un abrigo azul, se apresuró hacia la zaga de la aeronave con determinación, listo para desplegar un Snowcat. Las imponentes orugas asistieron al descenso elegante de este vehículo cuadrado sobre el manto blanco, otorgándole la apariencia de un diminuto tanque en lugar de cualquier otra cosa.

Cuando Grace, Sean y yo descendimos, lo primero que noté fue el frío; el cero absoluto me atravesó, afectando mis extremidades.

"¡Buena suerte!" El piloto me entregó un mapa y una brújula. "Volveré el lunes a las nueve de la mañana".

Sobre el rugido del avión, grité, "¿Sabes con qué animal necesitan mi ayuda?"

Mary contactó a Jack para el jet, así como a ti y a un camarógrafo adicional. Esto es todo lo que tengo", exclamó en voz alta para asegurarse de que todos pudieran escuchar.

Mi mano enguantada temblaba mientras me despedía. "¡Papá, esto apesta!"

Me dirigí hacia mi hijo. Descansaba sobre su esbelto hombro una bolsa de gimnasia de los Cachorros, aparentemente más pesada de lo que su estructura delgada podría soportar. Solo podía especular sobre el misterioso contenido que albergaba en su interior.

"¿Sabes manejar esta cosa, papá?" Sean saltó al asiento del pasajero del Snowcat.

"Por supuesto", respondí. El vehículo no era exactamente como el que conducía en el Ártico, pero en cuanto me puse al volante, todo volvió a mí: encender la llave, activar el interruptor rojo y pisar el pedal del acelerador. Siguiendo la dirección de la brújula en el mapa, a ciento cincuenta grados al noroeste, retumbamos sobre la nieve para llegar al punto etiquetado como Polar I. Dos largas huellas paralelas registraban nuestras huellas en la nieve presionada.

A lo lejos, una estructura redonda se alzaba débilmente como un caparazón de tortuga gigante. Estaba pintada de negro con "Polar I" en letras rojas en el techo. Era difícil de pasar por alto a medida que nos acercábamos. Me detuve frente a la puerta masiva. En medio de colinas heladas, el edificio parecía alienígena.

"Debe ser aquí". Grace saltó con el bolso de la cámara.

"¿Papá?"

Me detuvo por un instante. "¿Qué pasa?"

Me miré en el espejo retrovisor. El viaje no mejoró mi apariencia en absoluto. Mis ojos estaban marcados con bolsas debajo de ellos, mi barba estaba descuidada y mi rostro estaba enmarcado en cristales de hielo.

"Si mamá te llamó aquí, tal vez quiera arreglar las cosas".

Moví el espejo de nuevo a donde estaba. "Entonces, ¿lo sabes?"

"Mamá me lo dijo. Sí, lo sé". Sonaba triste y miraba hacia abajo.

"Hijo, no quiero esto. Voy a intentar hablar con ella".

"No lo arruines, papá", rogó.

Agarré la puerta. "Espera aquí un segundo hasta que le diga a mamá que querías venir".

"Ella se pondrá furiosa", advirtió.

"Deja de decir eso. Y solo espera, ¿de acuerdo?"

"De acuerdo".

Lentamente me acerqué a la puerta y golpeé. Tan ansioso como estaba por aclarar el aire con Mary, pensé que sería mejor ver su reacción inicial solo, no con nuestro hijo.

Como nadie respondió, abrí la puerta y entré, sacudiendo la nieve de mi grueso abrigo de lana. Entró Grace.

"Adam, ¿qué pasó?" balbuceó.

"¿Algo anda mal?" Limpiándome los copos de frío de los ojos, vi lo que parecían gotas de sangre en los escritorios y sillas. Papeles estaban esparcidos por la habitación, junto con cajas rotas y archivadores. Por todas partes yacían abrigos caídos, guantes perdidos y suministros de oficina, como si toda la habitación hubiera sido saqueada en un asalto.

Grace corrió desde la pequeña cocina. "¡Muertos!" gritó. "Hay cuerpos hechos pedazos aquí".

¿Sangre humana? ¿Son esas manchas realmente sangre humana? reflexioné. De repente, mi corazón empezó a latir al percatarme de que mi esposa podría estar en la pequeña cocina también. "¡Mary!"

Grace se agachó y hojeó las páginas de un libro marrón rojizo salpicado. "Su registro está todo desgarrado; no puedo leerlo todo".

Al levantar el libro, algunas páginas manchadas cayeron. "Dice que Jack envió dos equipos a la isla para filmar a varios osos polares... ¡uno debe haber entrado!"

En ese momento, Sean entró dando tumbos, su corto cabello rubio se asomaba bajo su sombrero mientras el viento lo empujaba hacia atrás. Sus ojos se alzaron hacia el techo salpicado de sangre. Su rostro se contorsionó. "¡Mamá!" gritó de repente, "¡Mamá!" mientras corría hacia la cocina.

Lo agarré en mitad de la carrera.

"¡Mamá!" gritaba. Pateando mi pie, se soltó y corrió hacia la cocina.

"Nooooooo", resonó el grito desgarrador.

Supe entonces que mi esposa estaba muerta. Ya no sentía los latidos en mi cabeza y observé la sala desgarrada y salpicada de sangre hasta que empezó a dar vueltas. Agarré el escritorio más cercano, intentando no desmayarme.

CAPÍTULO 2

Apenas podía asimilar la realidad de que Mary se había ido. Parecía completamente imposible. ¿Cómo podía haber fallecido antes de que pudiéramos resolver los problemas en nuestro matrimonio, antes de que yo pudiera explicar mis acciones y enmendar las cosas? Fue como si todo mi mundo se desmoronara en un instante. La perspectiva de mi vida cambió de forma irrevocable; ya no habría más vacaciones felices, no escucharía sus oraciones por la noche, nunca más sentiría su cuerpo junto al mío ni contemplaría su sonrisa. ¿Cómo podía ser que todo eso se hubiera desvanecido tan abruptamente?

Sin importar cuáles fueran nuestros problemas, nunca quise que le pasara algo malo.

Por un instante, mi mente retrocedió al primer encuentro que compartimos. En aquel entonces, me encontraba inmerso en mis labores en el zoológico cuando de repente resonó un grito inconfundible: "¡A por ellos, Rich!". Rich, el imponente caimán de catorce pies, se lanzaba con agilidad bajo la plataforma mientras yo sostenía un pollo sin vida. Exhibir ante la audiencia el ritual de alimentar a tan colosal reptil solía provocar suspiros de asombro y admiración. En ese momento, ante el inesperado llamado, me volteé de inmediato para identificar a la persona que había pronunciado esas palabras.

Con su cabello rubio recto fluyendo por su espalda, esta hermosa mujer de ojos azules me miraba fijamente. Nunca había visto a una mujer tan hermosa. "¡Cuidado!" gritó de repente.

Con las mandíbulas gigantes abiertas debajo, dejé caer el pollo muerto en la boca del cocodrilo justo antes de que mi mano se convirtiera en su cena. Mi atención volvió inmediatamente a ella. Con un guiño, ella comenzó a aplaudir.

"¡Mamá!" Sean me arrancó de mi recuerdo. Sus brazos me envolvieron fuertemente. "¡Mamá está muerta! ¡Vi la sangre!"

No, mi corazón no quería escuchar esas palabras.

Grace apretó su abrigo azul, volviendo a abrocharlo. "No quiero ser insensible aquí, Adam, pero tenemos que advertir a los demás. Deben estar en algún lugar de esta isla".

"¿Qué pasó aquí? ¿Cómo pudo entrar un oso polar?" Necesitaba saber, reflexionando sobre las posibilidades. Los osos tienden a dirigirse directamente hacia la fuente de alimentos, rodeando el área, pero recordé que no había huellas cerca de la puerta.

Después de acercarme a la puerta, la abrí y examiné el marco. Ninguna marca, ni siquiera un rasguño. Esto no es un comportamiento típico de un oso, concluí.

"Kevin debe haber estado entrando cuando fue atacado. El cuerpo debe haber sido arrastrado. Mira". Grace señaló la mancha de sangre que salía de la puerta. "Luego el oso entró en la cocina y mató a los demás", ella supuso.

Estaba luchando conmigo mismo. ¿Realmente quería ver lo que quedaba de mi Mary? "Hijo, Grace tiene razón. Tenemos que advertir a los demás", finalmente respondí, decidiendo no ver su cuerpo maltratado.

Sean se peinó el pelo con la mano. "¿Y mamá? No quiero dejarla así".

"No puedo dejarte aquí solo. Volveremos para asegurarnos de que el cuerpo de tu madre sea atendido. Lo prometo".

A regañadientes, me aparté de la puerta de la cocina; sinceramente, no deseaba abandonarla. Sean nos siguió a Grace y a mí mientras ingresábamos al aire frío de la mañana. Continué escudriñando la nieve deslumbrante en busca de cualquier indicio adicional de la presencia de un oso polar: pelo, rastros de sangre, pero nada más que un paisaje blanco se revelaba hasta donde alcanzaba mi vista.

Esto no tenía sentido. En todos mis años, cada oso que había encontrado dejaba evidencia. Los osos son criaturas pesadas; un macho polar puede pesar fácilmente mil libras y aún así no quedaba ni una marca de arañazo en la escena sangrienta.

Con rapidez, los tres nos embarcamos en la espaciosa cabina del Snowcat y aseguramos las puertas. Giré la llave para poner en marcha el motor, con Sean a mi lado. Fue entonces cuando noté que había olvidado su bolso de los Cachorros, el cual Mary le había obsequiado el año pasado como un bolso de gimnasia. Era un regalo que nunca había abandonado antes. Desde que Sean se convirtió en el primera base de su equipo de béisbol en la secundaria, el bolso se había convertido en su posesión favorita.

"Hijo, ¿ y tu bolso?"

"Se queda con mamá", dijo él, ahogándose en sus lágrimas.

Al dejarlo, estaba asegurándose de que pronto regresaríamos, me di cuenta.

El Snowcat comenzó a rodar sobre la nieve. A través de la fuerte nevada, divisamos un letrero de madera casero que decía "Tres Polar II". Solo tres millas hasta el otro lugar de filmación, reconocí, y orienté mi brújula hacia adelante.

"¿Papá?"

Las palabras salieron suavemente de mis labios. "Sí, hijo"

"Ella nunca habría venido aquí si no te hubieras metido en esa pelea", balbuceó entre sollozos.

Grace interrumpió. "Tu madre ama trabajar con animales peligrosos, Sean. Ella no querría que pensaras así. Esto fue un horrible accidente. El oso no debería haber podido entrar".

"¡Cállate! ¡Probablemente estés contenta de que mamá esté muerta!"

Tuve que respirar hondo, porque este no era el momento de reprenderlo. Pronto, otro edificio con forma de cúpula se hizo visible, un tazón rojo invertido medio cubierto de nieve. Sobre la puerta había un letrero: "Búsqueda del Oso Polar, Set II".

"Tal vez deberías revisar el lugar primero", advirtió Grace.

"Quédate aquí, vuelvo enseguida". Atravesé apresuradamente los copos de nieve mientras el viento frío empujaba, casi derribándome. Evidentemente, este lado de la isla tenía peor clima, deduje.

Al llegar a la puerta, revisé la perilla. Estaba cerrada con llave. Una buena señal, pensé mientras una ola de alivio me invadía. Golpeé fuerte.

Un hombre fornido la abrió de par en par con los ojos muy abiertos y las cejas levantadas en su rostro afroamericano. Volviendo a comprobar nuestro entorno, hice señas al Snowcat. Grace y Sean saltaron y se apresuraron hacia la gigantesca cúpula roja.

"Planet X nos envió otro camarógrafo", dijo el hombre y sonrió.

Cuando Grace y Sean estuvieron adentro, cerré la puerta y me quité el abrigo. "Mi nombre es Adam Reese. Soy zoólogo de Texas. Ella es Grace Landers; nos enviaron aquí desde Planet X, y este es mi hijo, Sean".

"¿Reese? Debes ser el esposo de Mary. Fue muy amable de tu parte venir. Soy Malcolm, Malcolm Porter". Extendió la mano con cordialidad. Rápidamente correspondí al gesto, mientras echaba un vistazo al interior del edificio. Su diseño recordaba al Polar I, con un espacio de trabajo, la cocina y una habitación trasera que presumiblemente era la zona de descanso. "¿Dónde se encuentran los demás miembros de tu equipo?"

Malcom respondió: "Volverán en breve".

Estaba solo. El miedo me atrapó. Rápidamente, agarré su chaqueta. "¿Dónde están?"

"Con Bret en el lago, filmando primeros planos de una osa polar enseñando a su cachorro a atrapar una foca". ¿Bret Miller está aquí? La ira recorrió mi cuerpo en oleadas. Era todo lo que podía hacer para no mostrar mis crecientes emociones.

"¿Miller está en esta isla?" Pregunté finalmente entre dientes apretados.

"Sí", confirmó Malcom.

"Tenemos que encontrarlo", interrumpió Grace. "¿Tiene Bret un transmisor de radio?"

"¿En este clima?" Malcom encogió los hombros. "Escucha, Reese, no sé cuál es tu problema con Bret, pero si no quitas las manos de mi chaqueta, voy a arruinar tu cara. ¿Entendido?"

Soltando mi agarre, anuncié en voz baja: "Todos en el Polar I están muertos, todos ellos. Pensamos que un oso polar entró en un frenesí, un verdadero devorador de hombres. Tenemos que advertir a tu equipo".

Malcom retrocedió. "¿Es una especie de broma?"

"No, desearía estar bromeando, pero es todo demasiado real".

"¿Mary, ella no?" Primero miró hacia mí, pero no pude decir las palabras.

Grace asintió con la cabeza. "Por favor, por favor, ayúdanos a localizar a tu equipo antes de que sea demasiado tarde para ellos también".

CAPÍTULO 3

Echando un vistazo al Polar II, noté una ligera diferencia, tres puertas en lugar de dos como en el Polar I. Mirando a través de ellas, descubrí que la habitación más a la derecha conducía a una pequeña cocina. La sección del medio albergaba las oficinas y las literas aparecían a la izquierda. Nada parecía fuera de lugar, pero Malcom no me parecía normal. Estaba nervioso e inquieto; sus ojos nunca se apartaban de mí. Me pregunté si tal vez Malcom ya sabía que los del Polar I estaban muertos antes de que llegáramos.

"¿Sabías lo que pasó allí?" pregunté con sospecha.

De repente, Malcom sacó una pistola Glock de 9 mm de debajo de su chaqueta y la apuntó directamente a Sean. Era la misma arma que usaba la policía en la ciudad, así que reconocí rápidamente el cañón corto. Pero a corta distancia, sabía que podía causar mucho daño.

Rápidamente me puse frente a mi hijo. "Lo siento por agarrarte, Malcom, pero no hay necesidad de violencia".

"No puedes ir a buscar a Bret", anunció Malcom. "No entiendes. Ojalá pudiera contarte, pero no sé si eso es lo que Bret quiere". Sus ojos se movían.

"Él sabe algo", interpretó Grace. Se alejó para ponerse a mi lado.

"¿Sabes qué le pasó a mi mamá?" preguntó Sean, asomándose desde detrás de mi espalda. "Por favor, si sabes algo, ¡dímelo!" Lágrimas volvieron a escapar de sus brillantes ojos. Una rodó por su mejilla y cayó sobre su camiseta oscura.

"Nadie quería que nadie resultara herido". Después de un tenso momento, Malcom finalmente dejó caer la pistola de 9 mm en un escritorio de madera y luego levantó ambas manos para cubrirse las sienes desesperado. "Ninguno de nosotros podría haber esperado esto. ¡Habríamos traído más armas! ¡Demonios! No importa si te lo cuento o no. No me creerás. Nadie lo hará. Lo único que queda de nuestro equipo es Bret y yo. El resto de personas del Polar I y II fueron asesinados en el lago". Comenzó a dar vueltas en círculo en el suelo compactado.

"¿Todos en el Polar II?" Grace temblaba, su voz temblorosa. "¿Quieres decir que todo tu equipo excepto Bret y tú?"

"Hechos pedazos", anunció Malcom mientras se detenía en sus pasos. Sus manos se alzaron. "Bret también podría estarlo; salió a buscar el lugar... donde esos monstruos llevan las partes del cuerpo. Quería encontrar los restos de Al porque el director tenía un teléfono satelital en su abrigo, así que Bret se fue y me dijo que guardara silencio sobre lo que les pasó a los demás".

"¡Dime qué está pasando!" exigí mientras me acercaba lentamente al escritorio, lo alcanzaba y recogía la pistola con cuidado.

Grace me siguió de cerca. "Oye, perdimos a nuestros amigos también. ¿Quién les hizo esto?"

Malcom agitó la cabeza; las lágrimas inundaron sus oscuros ojos. Su gran y musculoso cuerpo temblaba. En un momento me miró directamente a los ojos y afirmó: "Es un monstruo con un abrigo de piel blanca, una máquina de matar sedienta de sangre humana. Por eso Mary llamó a Bret y a ti, Adam. Necesitábamos otro camarógrafo, también, después de que Saul muriera, así que Mary alertó a la compañía para que enviara a Grace. Pero siempre supimos que no era para ayudar con el documental del oso polar. No habíamos visto uno de esos en semanas", agregó Malcom. "Lo que encontramos en esta isla es más aterrador de lo que puedas imaginar, el mayor descubrimiento del hombre moderno. Mary quería que todos tuviéramos crédito por el hallazgo. Ella pensaba que Bret podría manejarlo todo hasta que llegaste tú. Estaba tan equivocada. Las criaturas son demasiado inteligentes. Cazan en manadas. Incluso Bret probablemente esté muerto en este momento". Miró hacia abajo con desesperación.

"¿Cuánto tiempo lleva desaparecido Bret?" pregunté suavemente, tratando de mantener la calma.

"Desde ayer. Pero si lo buscas, todo lo que encontrarás es al diablo de pelaje blanco". Malcom enterró su cabeza entre las manos.

Grace rodeó con su brazo el hombro de Malcom. Él se volteó hacia ella pero no levantó los brazos para devolver el abrazo. "Sea lo que sea lo que pasó, no estás pensando con claridad", dijo ella. "Recuerdo haber trabajado contigo antes. No eres tú mismo en este momento".

"Sé que sueno loco. No he dormido en días pero sé de qué estoy hablando". Malcom se apartó y se sentó frente a la pantalla negra del radar. La aguja del dial dio una vuelta completa en sentido horario sin ningún pitido en la pantalla. Observó durante varios minutos. "Tengo que mantenerme despierto y concentrado. Uno de ellos está marcado con una pistola de etiquetas. Viajan juntos, así que si lo veo, sé dónde están todos y si van a volver".

Grace tiró de mi manga y susurró: "Malcom obviamente ha pasado por mucho, pero si tiene razón sobre Bret estando cerca del lago, entonces deberíamos verificar si está muerto o no".

Estuve de acuerdo. "Bret puede decirnos qué está pasando realmente", añadí.

Grace, Sean y yo nos dirigimos hacia la puerta. No estaba seguro de si Malcom estaba lo suficientemente bien como para dejarlo solo, pero realmente no teníamos muchas opciones. Teníamos que encontrar a ese hijo de puta de Bret y preguntarle qué demonios estaba pasando. Necesitaba saber qué le había pasado a Mary.

"Esperen, ¡no pueden irse!" Malcom se puso de pie al notar nuestro cambio de posición. Salió catapultado de la silla, deteniéndose a solo unos metros de distancia. Su rostro se tensó; sus manos se convirtieron en puños. "¡No pueden salir! Es un suicidio".

"Volveremos en cuanto encontremos a Bret".

Malcom intentó agarrar la pistola de nueve mm que tenía en la mano, pero rápidamente aparté su mano. Intentó tomarla de nuevo, pero retrocedí hacia la puerta.

"¡No entienden! Esta arma y este edificio son nuestra única protección", dijo Malcom.

"Escucha, vamos a echar un vistazo junto al lago. Si viene Bret, dile que estaremos de vuelta enseguida".

"¡Se está oscureciendo!" Sus ojos se abrieron de terror.

Traté de hablar con calma. "Necesitas descansar. ¿Por qué no te recuestas un rato?"

"Prométeme que volverán", suplicó, su expresión sombría profundizando las líneas alrededor de sus labios.

Sonreí medio en serio, dándome cuenta de que Malcom no era peligroso, solo estaba muy asustado. Solo que yo no tenía idea del motivo. Me pregunté si tal vez podría haber sido un oso polar gigante o un leopardo de las nieves. Él lo llamó "el monstruo con abrigo de piel blanca". Los leopardos de las nieves son conocidos por su forma sigilosa de cazar. También pueden saltar hasta seis pies o más, pero sus patas más pequeñas no dejarían rastros tan grandes anoche. Tal vez fue un leopardo el que saltó al Polar I, sin dejar muchas huellas. "Querremos que las autoridades te hagan algunas preguntas. Créeme". "No es broma", dijo Grace.

"Solo cuéntales todo", agregó Sean.

Malcom se sentó de nuevo en el taburete, sus ojos se enfocaron en el monitor. "Fue un placer conocerlos, Adam y Sean. Cierren la puerta al salir", advirtió. "Y dejen la pistola".

El comentario parecía oscuro, como si nunca pensara que nos volvería a ver, pensé. Hice lo que me pidió y dejé la pistola en el suelo. Mientras los tres nos dirigíamos hacia el Snowcat a través de la nieve impulsada por el viento, el viento atrapaba mi aliento pero no sofocaba lo que sentía dentro: desconsolado por Mary.

"¿Está bien Malcom, papá?" Sean me miró mientras me preguntaba.

"No estoy seguro", dije, preguntándome si alguno de nosotros lo estaría de nuevo. "Pero no vamos a pasar la noche con ese lunático".

"¿Así que no volveremos por él?", preguntó Sean. "No podemos simplemente dejarlo así, ¿cierto?"

"No te preocupes, Sean", dijo Grace.

CAPÍTULO 4

Mientras el Snowcat se dirigía hacia el lago helado, Grace se volvía más callada. Inmediatamente me pregunté por qué. ¿Era por las muertes? ¿Quizás tenía miedo por la vida de Bret Miller? Encontrar respuestas a estas preguntas resultó difícil porque no podía entender a Bret. Solo ese nombre, Bret, inició una secuencia de recuerdos de mi esposa reproduciéndose en mi cabeza, su cuerpo junto al mío en la cama, su cabello rubio esparcido sobre una almohada. Sus labios estaban a centímetros de los míos mientras me miraba con sus enormes ojos azules brillando bajo una pequeña luz nocturna en el baño. "¿Crees que duraremos para siempre?", había preguntado con voz preocupada.

"¿Por qué no habríamos de hacerlo?"

Su rostro se iluminó con una sonrisa. Con más entusiasmo que juicio, respondió: "Entonces nunca te cansarás de mí, ¿verdad?"

"Nunca..". Ni siquiera le di un segundo pensamiento cuando le di ese primer beso.

"¡Papá, mira!"

Interrumpiendo mis recuerdos, Sean llamó mi atención hacia lo que estaba en la distancia. Me sequé los ojos, enfoqué mi mirada y vislumbré una pequeña caja negra frente al Snowcat. Detuve el vehículo y salí para recuperar el estuche. "Grabar, Reproducir, Detener, Avance Rápido, Retroceder", leí botones en el costado. Era un reproductor de cintas, en medio de la nada. ¿Podría ser de Bret?, me pregunté.

Limpié la nieve del frente y presioné el interruptor de reproducción, acercándolo a mi oído.

"¡RRRAAAAAGGGG... RAAAGGGG!" Un horrendo estruendo resonó. El sonido era completamente desconocido para mí. A lo largo de mis días en la Universidad Estatal de Florida, estudié los distintivos llamados de animales, pero esto no se asemejaba a nada que hubiera escuchado jamás. Los sonidos me pusieron los pelos de punta; eran agudos como los de un murciélago, pero a la vez guturales como los de un mono. Esperaba que Grace hubiera tenido algún encuentro previo con esto, así que tomé el reproductor de cintas y me dirigí al Snowcat para mostrárselo.

Las cejas de Grace se elevaron hasta la mitad de su frente en pánico. "¿La cinta está estropeada?"

La saqué y comprobé; sin embargo, la cinta estaba bien. Después de cerrarla de nuevo, volví a reproducirla. Cantaba como un cantante de ópera de voz aguda, solo con frases irreconocibles.

"¿Crees que es un animal?" Preguntó Grace. "Eres el experto aquí, Adam".

"He estudiado los llamados de animales durante años, Grace. Nada suena como esto. Lo más parecido podría ser una mezcla entre un murciélago vampiro con un poco de mono de la selva tropical". Traté de recordar cualquier comunicación animal similar pero ningún sonido coincidía.

"¿Había algo más afuera?" Sean miró afuera. "¿Quién podría haber dejado eso? ¿Bret?"

"Prácticamente no podía ver delante de mi nariz", admití.

"Mira, papá. ¡Hay algo rojo! ¡Allá!" Mi hijo señaló.

A través de los copos de nieve revoloteando contra la ventana, miré hacia donde encontré el reproductor de cintas. Efectivamente, más allá, a la derecha, el rojo manchaba la nieve. Sorprendido de no haberlo visto antes, salí del Snowcat de nuevo. Tratando de ver a través de la ventisca de copos, me acerqué al suéter con el logo de la Universidad Estatal de Florida bordado en el frente.

Sean salió disparado del vehículo y corrió hacia la prenda mientras yo me quedaba de pie sobre ella. Él bajó las manos para agarrarla, pero le advertí rápidamente: "¡Sean, espera!"

No me hizo caso, pero levantó el suéter y lo sostuvo. Había rasgaduras, marcas de garras justo en el centro. Aunque el suéter era rojo, los puntos ensangrentados eran muy evidentes.

"Hijo, entrégame eso".

"¡Le di esto a mamá por Navidad!" Balbuceó Sean. "Esto es de mamá".

"¡RAAAGHH!" Revisé mi mano en busca del reproductor de cintas. Debo haberlo dejado en el Snowcat. De repente, mi nariz se llenó con un olor repugnante, más potente que el de una mofeta. No, esa criatura no viviría en la nieve. Entonces, ¿qué era?

Sean soltó el suéter. "Papá, ¿qué es ese olor?"

"¡Vuelve al Snowcat! ¡Ahora!"

Sin saber qué tipo de animal producía semejante hedor, lo arrastré de vuelta al Snowcat. Después de subirnos, cerramos las puertas. Sean cerró la suya.

"Papá, ¿qué era ese olor apestoso?"

Mi miedo debía ser obvio. "No estoy seguro".

Grace se inclinó sobre mí y cerró la puerta de mi lado con llave. "¿Qué es ese olor?"

Un golpe aterrizó en el techo. Grace gritó a un tono alto.

Instantáneamente, arranqué el motor y pisé el acelerador. Tratando de deshacerme de él, moví el vehículo hacia la izquierda y hacia la derecha mientras resonaban ruidos de arañazos por encima. Moviendo el pestillo del espejo, intenté ajustar mi vista a lo que saltaba sobre el Snowcat. El largo pelaje blanco colgaba sobre el costado.

Sean agarró el volante bruscamente, y el animal gimió mientras caía al suelo junto al vehículo. Nuevamente, un llanto desgarrador me erizó la piel. No era por el frío.

Grace exclamó: "¿Puedes ver lo que cayó?"

Sean preguntó: "¿Es un oso polar?"

Sin pensar en las consecuencias, giré el Snowcat para enfrentar a la criatura que acababa de caer. Desde el nuevo punto de vista, lo reconocí como un hombre usando un abrigo de piel blanca. Su cabello era largo, rizado y rubio. Incluso con su rostro plantado en la nieve, me di cuenta de quién era. Conocería al bastardo en cualquier lugar.

Grace jadeó, "¡Es Bret! ¡Oh, no, matamos a Bret!"

A regañadientes, bajé del Snowcat mientras Grace corría hacia el cuerpo sin vida. Lo rodó sobre la nieve; su nariz chata y los rasgos de niño bonito se hicieron evidentes. Me incliné y comprobé su pulso. Había uno débil. Sin saber si eso era bueno o malo, lancé su cuerpo inerte sobre mi hombro al estilo de un bombero.

"Sé cómo te sientes por él", anunció Grace, "pero este no es el momento".

Ignorándola, seguí adelante, llevando al hombre que más odiaba en este mundo, este viejo gruñón y tonto llamado Bret Miller. Era simplemente demasiado malvado para compartir el mismo nombre que una de mis cervezas favoritas. Lo que daría por una bebida en este momento, pensé.

Una parte de mí quería venganza, lo suficiente como para dejarlo aquí para que muriera, pero mi hijo lo observaba cerca. Podría haber sido tentado si no fuera por mi curiosidad, el deseo de hacer una pregunta imperativa. Tenía que saber, ¿qué le pasó a mi esposa?

CAPÍTULO 5

Dentro del Snowcat, Grace volvió a abrochar el largo abrigo de piel de Bret mientras él yacía extendido en el asiento. Sus manos buscaron en sus bolsillos hasta que deslizó una cremallera y sacó una pequeña cámara de mano. Rápidamente, desplegó la pantalla y presionó el interruptor de rebobinado.

"Tal vez Bret capturó algo en la película", dijo ella mientras observaba intensamente la pequeña pantalla. "Veamos... hay un minuto de nieve, como si estuviera corriendo, luego nada. Supongo que eso es todo", informó con un suspiro.

Sean se quitó el sombrero y lo puso sobre la cabeza ensangrentada de Bret. "Papá, Bret se ve realmente mal. ¿Hay algo más que deberíamos hacer por él?"

En ese momento, ¿me importaba si Bret vivía o moría? De eso no estaba seguro. Si tuviera que elegir al hombre con el que no quisiera estar en una isla congelada, sería este. Aun así, conduje hasta que el Polar II apareció a la vista. Para mi sorpresa, la puerta estaba abierta de par en par. "Esperen aquí. Voy a revisar a Malcom".

Antes de salir de la cabina, sin embargo, el hombre musculoso y oscuro apareció en la puerta llevando solo un par de calzoncillos de algodón blancos. En su mano sostenía un cepillo de dientes ensopado, que luego se metió en la boca.

"Bueno, esto es interesante", dijo Grace, encendiendo la cámara para grabar. "Tal vez deberíamos grabar su locura en cinta".

Rápidamente apagué el Snowcat y llevé a Bret adentro, como un bombero. Sean ayudó levantando sus piernas que se arrastraban.

Grace siguió, continuando filmando a Malcolm mientras cerraba la puerta después de nuestra entrada.

"Ponte algo de ropa antes de que te congeles", ordené con una sonrisa neutral.

Grace enfocó la cámara más de cerca en el trasero de Malcom. Parecía bastante impresionada con la vista. "Entonces, cuéntanos de nuevo sobre el diablo con abrigo blanco", ella intervino.

Coloqué el cuerpo de Bret encima de un escritorio, luego puse mi mano frente a la lente de Grace. "Basta, Grace. Creo que hemos pasado por suficiente sin necesidad de mostrar al mundo a un hombre en calzoncillos".

"¿Quieres que baile para ti, nena?" Malcom movió las caderas y luego frunció el ceño hacia mí. "¿Qué pasa, celoso? Sabes lo que dicen de nosotros, los hombres de la isla".

Tratando de contener mi ira, de sonar lo más calmado y desinteresado posible, pedí: "Por favor, vístete".

Malcom bajó por el pasillo, cooperativamente. Tomando el auricular de su radio, Sean se sentó en la silla junto al cuerpo inmóvil de Bret. Su piel estaba tomando un mejor color ahora, no tan gris azulado. Tal vez se recuperaría después de todo, pensé.

"¿Puedes revisar el pulso de Bret?", sugirió Grace. "Eso se verá bien en la película, como si realmente estuvieras preocupado por él".

"¡Apaga la cámara!" Me puse de pie rígidamente. "Te pagan para filmar animales. Hasta ahora, todo lo que hemos conseguido es un montón de personas muertas y un isleño loco. Sin osos, sin focas, sin ballenas, ¡ni siquiera un maldito pingüino!"

Malcom regresó, llevando calcetines, un suéter largo y jeans, que colgaban unos centímetros de su cintura, mostrando la parte superior de sus calzoncillos. "¿Quieres fotos de bestias? Todo lo que tienes que hacer es esperar. Verás lo que uno hizo aquí con Bret".

Me incliné sobre el cuerpo de Bret, bajando hacia su rostro para ver si su respiración había mejorado. De repente, los ojos de Bret se abrieron de par en par. La visión de sus grandes iris azules me hizo retroceder.

"¿Dónde está Mary? ¿Está bien?" Bret exigía, incorporándose de golpe.

Tratando de no pensar en por qué debería importarle, le contesté agonizantemente: "Está muerta".

El horror se reflejó en el rostro de Bret, las lágrimas llenaron sus ojos. Durante unos minutos, respiró profundamente, luego habló sin esperanza, diciendo: "No, no, no puede ser... no como los demás".

"¿Quién mató a mi esposa?"

"¿Te refieres a tu futura exesposa?", respondió él.

El recordatorio me golpeó, causando un breve y engañoso silencio. Por unos segundos nos miramos intensamente.

Él continuó con calma, diciendo: "Fui al lago para ver si podía recuperar el cuerpo de Al. Nuestro director tenía una pistola de nueve milímetros. Malcolm no quiso ir, así que fui solo". Bret palpó su chaqueta. "¿Dónde está mi cámara? Creo que capturé algo en video".

"Lo rebobiné, pero no hay más que nieve", informó Grace, con cara de horror. "¿A qué te refieres con 'capturé algo'?"

"Maldición, corrió demasiado rápido". Bret recogió su largo cabello rubio en una cola de caballo con una goma. "Vi tu Snowcat a lo lejos, pero algo debe haberme golpeado por detrás". "¿Qué te golpeó?" preguntó ella.

Bret apretó su banda para el cabello. Luego palpó y dijo: "Aquí, en la parte posterior de mi cabeza. Hay un bulto".

"¿Un oso polar atacó?" cuestionó Sean, con un tono de voz ansioso.

"No creo que un oso pudiera golpearme así. Se sintió como algo duro... tal vez una roca".

Examinando su cabeza, palpé alrededor pero solo encontré un pequeño bulto. "¡Imposible! Los osos polares atacan la parte posterior de la cabeza o el cuello con sus dientes. No tienes cortes de garras ni siquiera marcas de dientes. Esto no parece ningún ataque de oso del que haya leído", dije, recordando mis clases en la universidad. Luego recordé que los osos polares cazan pollos. Siempre muerden el cuello de inmediato o los derriban. Cualquier oso, incluso un cachorro, habría causado mucho más daño que este, incluso si solo estuviera jugando con Bret. Los osos polares son conocidos por jugar con su presa primero, pero incluso un solo golpe habría dejado un daño casi fatal por la pérdida de sangre.

Grace se inclinó, apartó el cabello rubio de Bret, y luego enfocó una toma cercana del pequeño bulto carmesí de Bret.

"¿Estás captando esto?" preguntó Bret.

"Sí, pero si no fue un oso, ¿qué te hizo eso?" preguntó Grace, más para la cámara que por su propia curiosidad.

Bret levantó la vista con ojos abiertos, mostrando un horror que nunca antes había visto en él. Entonces su boca pronunció esta palabra inolvidable: "Pie Grande".

"Primero, tenemos a un demonio con abrigo de piel blanca, ¡y ahora Pie Grande! ¿Ambos se han vuelto locos, tú y Malcolm?" Grace dejó la cámara y sonrió. "Esto es una broma, ¿verdad?"

"Tal vez sea el bulto en tu cabeza lo que te hace pensar que viste algo como Pie Grande", dije. "No existe tal cosa, Bret. Nunca se han descubierto cadáveres donde se hayan hecho moldes de huellas. Siempre resultan ser obra de bromistas locales o campesinos vestidos de simios. Créeme, si existiera tal criatura, yo habría atrapado una. Eso cumpliría la misión de mi vida de demostrar al mundo que la criatura existe".

"Oh, eso es una buena línea", interrumpió Grace.

"Oh, estás equivocado. Pie Grande, Yeti, Hombre de las Nieves, llámalo como quieras, está vivo y ha matado a nuestro equipo. Yo, por mi parte, no voy a la cárcel por ningún asesinato. Nadie nos creerá a menos que al menos lo capturemos en película". Bret temblaba más que por el frío. "¿Me ayudarás, Grace? Eres la mejor camarógrafa de Planet X. No creo que sea posible atrapar uno, ni siquiera con el Sr. Gran Tirador aquí". Bip, bip sonó desde el monitor.

Malcolm corrió para sentarse nuevamente frente a la pantalla donde un punto amarillo brillante se acercaba desde la esquina. Malcolm comenzó a gemir: "Ohhhhhhh... uno está volviendo".

"¿Está la puerta cerrada con llave?" preguntó Grace a Sean, el pánico le hizo levantar las cejas hasta su línea del cabello.

Mi hijo fue rápidamente a la puerta, revisó la cerradura con mano temblorosa, y anunció: "Sí".

"No importa cuán asustada estés, Grace, ¡grábalo!" le ordenó Bret, levantándose tembloroso en anticipación. "Necesitaremos pruebas de su existencia".

Sin saber qué esperar, escuché atentamente. No hubo sonido, pero ese olor espantoso regresó de repente. Nuevamente, el hedor quemó mis fosas nasales.

"No están lejos ahora", dijo Bret. "¿Hueles eso?"

"¿Quién podría pasarlo por alto?" Mi mano cubrió mi nariz.

"Tengo mi equipo en la parte trasera del Snowcat, todo lo que necesitaremos, luces, cámaras, generadores", informó Grace.

"Tendrás que conseguirlo más tarde". Bret apartó un mechón rubio suelto detrás de su oreja para poder ver. "No quieres estar afuera cuando uno se acerque. La próxima vez lo filmaremos juntos, desde diferentes ángulos".

Escuchando los pitidos ganando velocidad, Malcolm observó el pequeño punto amarillo acercándose y dijo horrorizado: "No habrá una próxima vez. Tres metros, dos... ¡uno!"

¡Bam! Las paredes vibraron por un golpe tan tremendo que solo pude concluir que algo muy pesado acababa de aterrizar con fuerza en el techo. ¿Qué criatura podría saltar tan alto o pesar tanto? Un oso polar puede pesar más de una tonelada fácilmente, y también se sabe que saltan doce pies, recordé. Para hacer que el edificio tiemble así, uno debe pesar más de dos toneladas, probablemente un oso macho del tamaño de un camión pequeño. Todo el edificio volvió a temblar como si hubiera chocado con una gran fuerza.

"¡Papá!" Mi hijo corrió hacia mí y se acurrucó detrás de mi espalda. ¡Bam!

Grace levantó la cámara hasta su ojo y se acercó lentamente a la pequeña ventana. Casi inmediatamente, dejó caer el equipo y lanzó un grito desgarrador. "¡Dios mío! ¿Qué diablos es eso? ¿Qué es eso?" preguntó con voz temblorosa.

CAPÍTULO 6

Mientras Grace seguía gritando, Bret arrebató la cámara del suelo, la colocó sobre su hombro y se precipitó hacia la ventana. Queriendo saber qué estaban viendo, me acerqué, mirando a través de la ventana para vislumbrar qué había asustado a Grace.

¡Bam! Las paredes volvieron a vibrar, esta vez cerca de la cocina. El traqueteo continuó durante varios minutos más. Un cuadro enmarcado se desprendió de la pared y esparció vidrios rotos por el suelo.

"¿Qué está haciendo eso, papá?" gritó Sean.

Desde debajo de la ventana, surgió una masa peluda de pelo blanco espeso y largo. Los rasgos semejantes a los de un simio me miraron fijamente, sus ojos de pupila roja brillaban con ira, casi humanos en su respuesta. Chillando con un rugido agudo, la bestia mostró sus colmillos alargados en su boca abierta.

Traté de recuperar el aliento, pero lo que tenía ante mí era algo sacado directamente de las entrañas del infierno. Solo el diablo podría haber moldeado un monstruo tan espantoso. Sentí repulsión instintiva.

Bret retrocedió, la cámara cayendo de su hombro a su lado. Respiró profundamente, absorto en el descubrimiento no deseado. "No puede ser", murmuró.

La criatura entonces inclinó la cabeza como diciendo "Deberías tener miedo". Luego se apartó de la vista de la ventana con dos ruidosos crujidos.

"¡Hijo, aléjate de la ventana!" exigí, deseando proteger a mi hijo de la pesadilla.

¡Bam! Otro golpe golpeó la entrada, haciendo que se abultara la puerta de acero sólido.

¡Bam! Repitió el movimiento, causando una abolladura más grande.

"¿Puede entrar?" preguntó Sean, temerosamente acercándose a mi lado.

"¡Ponte detrás de mí!" Me apresuré hacia el escritorio y rebusqué entre papeles, buscando cualquier tipo de arma, incluso un abrecartas. Pregunté a Malcolm: "¿Dónde están los cuchillos de cocina?" "No lo sé", respondió.

"¿Qué hiciste con ellos?" Agarré a Malcolm por su suéter. Entonces, tan rápido como habían comenzado los ruidos de golpes, se detuvieron. Después de un momento, revisé ambas ventanas, pero no había nada más que nieve soplando y un conjunto de huellas muy grandes que ahora desaparecían rápidamente en el montón de nieve. Esperé, queriendo asegurarme de que lo que habíamos visto no volviera. "Oh no", fueron las únicas palabras que pude pronunciar.

"Papá, ¿qué viste?"

Desde el área frente a la base, se escuchó un sonido de metal rasgado. Inmediatamente, recordé la única cosa afuera, nuestra única forma de transporte. Corrí hacia la puerta, pero parecía que no podía reunir la fuerza para desencajar el cerrojo.

"¡No abras!" gritó Bret. "

¡Pero está destruyendo el Snowcat!" Mis manos temblaron repentinamente sobre el cerrojo. "¡Papá, no abras la puerta!" advirtió Sean.

Y allí me quedé, con la mano sobre el cerrojo, demasiado asustado para moverme, temblando como un niño. Mi mente daba vueltas incrédula ante lo que había visto apenas momentos antes, una criatura viviente, a centímetros de distancia, mirándome con ojos monstruosos a través del vidrio cubierto de nieve. El plástico transparente de cuatro pulgadas de espesor había sido lo único que salvaba mi vida y la de los demás.

Los sonidos de metal rasgándose y doblando se detuvieron. Todo quedó en silencio durante bastante tiempo, excepto por los latidos de mi corazón. Mis dedos temblorosos giraron lentamente el cerrojo y abrieron la puerta unas pocas pulgadas. Miré hacia afuera con un ojo.

Ante mí ya no estaba el poderoso Snowcat. Ahora sus brillantes puertas estaban arrancadas de sus bisagras. El motor estaba disperso en pedazos por la nieve, goteando aceite y gasolina. Las orugas de las ruedas del tanque estaban arrancadas y arrojadas a más de cien pies de distancia.

"Cierra la puerta", ordenó Bret. "No lo podremos reparar".

La cerré y volví a girar el cerrojo para mayor seguridad. Grace, Bret y Sean estaban junto a mí, acurrucados, con rostros aterrorizados.

Grace se abrazaba a sí misma mientras lloraba abiertamente. "¡Ahora no tenemos forma de salir de aquí!"

Coloqué una silla de escritorio en posición vertical, sintiendo de repente la necesidad de sentarme antes de caerme. Mi cerebro sentía como si me hubieran disparado con una pistola cargada. Me llevó casi un minuto encontrar el valor para anunciar: "Encontraremos otra forma".

"¿Qué animal podría haber hecho eso con sus propias manos?" preguntó Sean tímidamente. Por más que lo intentara, no podía pronunciar el nombre. No parecía posible.

Grace finalmente respondió: "Fue Pie Grande, Sean".

"¿Estás bromeando?" preguntó mi hijo suavemente.

"No estamos en una cámara oculta, chico", dijo Malcolm. Luego extendió los brazos, haciendo un ruido semejante al de un simio.

Frustrado, respondí: "Debe haber otra explicación. No puede ser posible que haya tal bestia. Seguramente habría sido descubierta mucho antes".

"Pie Grande arruinó nuestra única forma de escapar, Adam. Sabía qué hacer para mantenernos prisioneros. Y eso es exactamente lo que somos, ratones en una jaula gigante", dijo Bret, limpiándose el sudor de la frente, demostrando lo aterrorizado que estaba en este clima ártico. "¿Crees que un oso polar habría hecho eso, Adam? Tú eres el experto aquí. Me pareció deliberado, incluso inteligente, como si supiera que esta puerta era una forma de entrar. Por eso siguió golpeándola. Es mucho más inteligente que cualquier cosa que hayamos encontrado antes, ¿verdad?"

Yo simplemente no podía imaginar que la bestia fuera real. Cerré los ojos, tratando de convencerme con afirmaciones débiles. "No existe tal cosa como Pie Grande. Nadie ha capturado, contenido o siquiera encontrado un cadáver de un monstruo así".

De repente, Grace exclamó: "Hubo una criatura documentada en el Himalaya, similar a este Pie Grande, solo que de pelo corto, que vivía en las montañas nevadas".

"Y los extraterrestres aterrizaron en México". Sacudí la cabeza, protestando vehementemente. "¿Grises con grandes ojos y tres dedos grandes, verdad? Créeme, si fueran reales, ya habría atrapado uno y lo habría metido en el zoológico de Planet X para hacer una fortuna".

Grace siguió llorando suavemente. Una parte de mí quería hacer lo mismo. Quizás lo habría hecho si Sean no estuviera parado a mi lado. Era mi culpa haberlo metido en este lío en primer lugar. Ahora su madre estaba muerta... Me tomé unos momentos para recordar nuestra pérdida y supe que necesitaba mantenerme fuerte por Sean. En este momento, soy todo lo que tiene. "Esperaremos hasta que lleguen las autoridades. Jack se dará cuenta de que todos estamos desaparecidos y enviará ayuda pronto. En el peor de los casos, el avión regresará el lunes para recogernos".

"Sí, ¡y pensarán que matamos a ambas tripulaciones cuando lleguen los investigadores!" recordó Bret con brusquedad.

"Nadie creerá que podríamos haber hecho eso al Snowcat", dije yendo al grano. "Ningún humano podría haber hecho eso. Este tiene la fuerza de diez hombres. Tú y yo juntos no podríamos haber arrancado las orugas del Snowcat y las llevado tan lejos".

CAPÍTULO 7

"He rastreado cientos de animales diferentes en todos los continentes," Bret comentó mientras miraba por la ventana sobre la nieve, iluminada por el deslumbrante resplandor de la luna. Con un brillo indescifrable en sus ojos y una malvada sonrisa de cocodrilo, preguntó: "Eres un zoólogo, Adam. ¿Crees que, juntos, podríamos atrapar a esta cosa?"

Sean se bajó para sentarse en la parte superior del escritorio. Cruzó los brazos y argumentó: "Papá, esto no es un videojuego; estos monstruos son reales".

"Planet X no tiene licencia para atrapar nada en esta isla", agregó Grace, su rostro de finos huesos reflejaba precaución.

Bret habló sin reparos, diciendo: "Creo que las autoridades entenderán por qué tomamos las cosas en nuestras propias manos".

"Debemos filmar a la criatura hasta que llegue ayuda", Grace me miró gravemente. Era evidente que no quería que me arriesgara capturarlo.

"¿Acaso Adam o yo parecemos Sly Stallone? " Bret preguntó, tratando de contener la risa. "Esto no es cine. Esa criatura está ahí fuera y nos quiere muertos. No podemos simplemente filmarla. ¡Mira la puerta! Debemos atraparla o todos moriremos encerrados aquí".

Grace tomó algunas respiraciones profundas, luego reunió el valor para responder. "Trata de no ser tan franco delante del niño", dijo, y señaló a Sean.

"Los tranquilizantes pueden resultar demasiado peligrosos". Recordé a un enorme gorila de espalda plateada en África que casi me arranca la cabeza antes de que el medicamento hiciera efecto. "Puede que no tengamos otra opción más que destruirlo".

"Esa es la respuesta de un hombre a todo", protestó Grace. "Disparar o matar".

"¿Tienes una mejor idea?" Fui directo al grano, sabiendo que las opciones eran limitadas.

"Si es nuestro eslabón perdido, ¡entonces tenemos la obligación de proteger el mayor descubrimiento de nuestra vida!" recordó entusiasta Grace. "Recuperaré una de mis lentes de lo que queda del Snowcat, lo filmaré y esperaré a que vengan las autoridades. Dejemos que las autoridades vean a esa criatura en la cinta".

Di unos pasos hacia la puerta y palpé las hendiduras que la bestia había dejado en ella. Seis pulgadas de profundidad, sobresalían hacia la habitación. Al lado había un agujero pequeño cerca del pestillo. Un golpe más y el gran animal habría roto la cerradura. "Esta puerta no resistirá mucho más", anuncié.

Grace se inclinó y arrebató el grabador de cinta de mi bolsillo de la chaqueta. "Puede que haya alguna pista en esto que nos ayude a entender mejor el comportamiento de este animal".

La cinta comenzó a reproducirse. Primero la bestia chilló, luego resonó la voz de mi difunta esposa, "Polar II, aquí Mary Reese. El Polar I está siendo atacado... es..". Luego hubo un grito espeluznante.

Sean se estremeció. Ese grito horroroso me heló la sangre. Pobre Mary, nunca habría deseado una muerte así para ella, ni siquiera en las pesadillas más oscuras. "¡Deja de reproducir eso, Grace!"

Bret extendió la mano para detener la reproducción, luego colocó el reproductor de cintas junto al monitor oscuro. "Nada grabado nos salvará". Se giró hacia Malcolm y dijo: "Pero tú tienes algo que puede. ¿Dónde está la pistola de Al?" Bret le preguntó directamente. "No estaba en el cadáver del director, lo que significa que debe haberla dejado aquí".

"La tiré a la nieve, amigo. Este tipo ya intentó hacerme daño y las balas faltaban", respondió Malcolm. "Para mí, ustedes son tan poco confiables como ese monstruo blanco y peludo ahí afuera".

"¡Tiraste nuestra única oportunidad de sobrevivir!" Bret le espetó venenosamente. "Yo tenía balas".

De repente, Sean se levantó y salió al pasillo antes de la cocina.

"Por favor, no hables así delante de mi hijo", le dije a Bret, y fui tras él. "Bret no quiso decir que realmente íbamos a morir, hijo".

Antes de que pudiera llegar al pasillo, Sean regresó con un hacha. "Podemos usar esto, papá, para romper los escritorios, tapar la ventana y la puerta". Lentamente, levantó la herramienta sobre su cabeza y la estrelló contra el escritorio más alejado. El escritorio se hizo añicos en varios pedazos. Sean tomó el trozo de madera más grande y se dirigió hacia una de las ventanas, luego la encajó para cubrir la mitad de la ventana. "¡Esto puede funcionar!" añadió triunfalmente.

"¿Hay clavos por aquí?" pregunté a Malcolm.

"Puede que haya algunos en ese estante", respondió Bret por él, y luego se volteó hacia Sean, quitándole el hacha. "Ayúdame a terminar de romper el escritorio, chico".

Estirándome, me puse de puntillas para abrir la tapa de una caja de zapatos. Dentro había un martillo pequeño y unas docenas de clavos de cuatro pulgadas. "¿Serán lo suficientemente largos?" me pregunté en voz alta.

En ese momento sonó un pitido. Mirando la pantalla, vi un punto parpadeando a la derecha del edificio.

"Está regresando", anunció Malcolm ominosamente.

Grace gritó: "¡No!"

¡Zas! Más rápido que un rayo, dos enormes brazos blancos y peludos atravesaron la ventana y rodearon a mi hijo, arrancándolo del suelo. Sean gritó de terror.

Corrí hacia la ventana. Para cuando llegué a la abertura, no había nada más que copos de nieve y viento interrumpido por gritos que resonaban: "¡Papá! ¡Ayuda! ¡Papá!" El tablón, que había estado en manos de mi hijo, quedó balanceándose en el suelo.

CAPÍTULO 8

"Ir tras tu hijo es un suicidio", Grace bloqueó mi paso mientras agarraba el hacha de Bret. La aparté, desbloqueé la puerta y corrí alrededor del edificio. Debajo de la ventana rota aparecieron grandes huellas de pie. Mis ojos las siguieron hasta que vi que la criatura corría con Sean sobre sus hombros.

"¡Adam, no!" Gritó Grace.

No importaba a dónde viajara la criatura, no había ni una oportunidad en el infierno de que no fuera tras mi hijo. Mis botas siguieron las enormes pisadas en la nieve.

De repente, un chillido atravesó el viento. En todos mis años estudiando la vida silvestre, nunca había escuchado un rango de octavas tan errático, como una ópera irreconocible. Quitándome los copos de nieve de los ojos, divisé la masa peluda blanca empezar a escalar la cara de una montaña. Saltó varios peñascos antes de llegar a una cueva a veinte pies de altura.

"¡Espérame, hijo!" Rezando para que mi hijo no fuera soltado, agarré una roca grande, tirando de mí mismo hacia la cima. Me di cuenta de que la criatura era más grande pero más ágil que yo. En el segundo salto, agarré el peñasco y lentamente me levanté para acostarme sobre él. Conté dos más, y luego estaría en el borde de la cueva.

Mantuve mi mirada en la entrada mientras saltaba hacia el tercer peñasco. Agarrando el borde, me levanté hacia la cima. Inesperadamente, el hacha cayó del hueco de mi codo y rodó hacia abajo, a los pies de Bret.

Sorprendido de que Bret me hubiera seguido, grité: "¿Qué diablos haces aquí?"

"¡Tratando de salvarte el trasero!" Respondió mientras se cerraba el hacha en su chaqueta y luego trepaba. Cuando Bret alcanzó mi nivel, el tercer peñasco, juntó sus manos. "Te levantaré. Lo lograrás con un impulso".

Sin otra opción que confiar en él, puse mi pie en las manos de Bret y me impulso hacia el borde. Me volteé sobre él y luego me incliné para ayudarlo a alcanzar mi nivel.

En el momento en que estuvo junto a mí, me volteé para mirar dentro de la cueva. También pude oír algo respirar, profundo y pesado, mientras miraba una luz distante.

Después de que Bret desabrochara su abrigo, me entregó el hacha. "¡Tómala!" Mi mano voló para señalar silencio. "Hagámoslo en silencio", susurré.

Con cautela, entramos en la cueva. En las paredes se delineaban contornos rojos de animales. Bret sacó una pequeña cámara de mano y tomó varias fotos mientras el flash iluminaba las ilustraciones.

"Encontré esta cámara afuera del Snowcat. También había una lente para la de mano, pero esta digital es demasiado brillante aquí dentro, nos delata", susurró. Empujó la cámara de nuevo en su bolsillo antes de que yo pudiera reprenderlo.

De repente, el grito de un niño resonó por la caverna. Corrí instintivamente hacia la luz delante de mí y entré en una habitación. Tazones de madera sobre una extraña mesa se hicieron visibles. En la esquina, el humo se elevaba desde una pequeña hoguera hacia un techo interminable.

Bret alcanzó, jadeando. "¿Lo ves?" Un ruido fuerte inundó la habitación.

Nos volvimos hacia el ruido que provenía de una grieta a la derecha. Mi hijo colgaba de los pies, atado con cuerdas de piel. Estaba golpeando las paredes con los puños.

Emocionado por encontrar a Sean vivo, me estiré hacia arriba para alcanzarlo. Bret saltó para desatar a mi hijo. "No puedo alcanzarlo".

Levanté el hacha y la balanceé con fuerza, cortando la cuerda que estaba casi fuera de mi alcance. Una vez liberado, Sean cayó en mis brazos, los cuales extendí para sostenerlo. Lo bajé suavemente al suelo y me aseguré de que estuviera bien. "¿Estás bien?"

Sean hizo una mueca. "Pie Grande huele terrible".

"No necesito averiguarlo". Sonreí. "Vámonos".

Velozmente, los tres corrimos de regreso por la oscura caverna, guiándonos por el tacto a lo largo de las paredes. Frente a nosotros, la luz brillaba, señalando una salida rodeada de copos de nieve danzantes. En un instante, nos encontramos descendiendo hacia el mar de blancura que se extendía bajo nosotros.

En solo unos segundos un aullido resonó desde arriba.

Desde la entrada de la cueva, una masa blanca gigante saltó enojada.

"¡Corre!" Grité horrorizado. "¡Corre!"

CAPÍTULO 9

Con ojos oscuros y sin vida, y dientes largos como colmillos, varias bestias blancas emergieron de la cueva. El viento agitaba sus pelajes, casi fundiéndolos con la nieve que caía. Apenas podía creer lo que veían mis ojos. Esta escena parecía sacada de una pesadilla. "¡Papá!", exclamé.

Otra criatura corría por la colina a su derecha. Agarré el brazo de mi hijo y empecé a correr. Bret se nos adelantó. En la lejanía se encontraba el Polar II.

Sin mirar atrás, Bret llegó primero a la puerta y golpeó con el puño. "¡Abran! ¡Somos nosotros!" La puerta se abrió de golpe y Bret entró corriendo, luego se dio la vuelta. El horror invadió su rostro al ver la escena.

Miré de reojo a las criaturas que se acercaban a mi hijo y a mí. Una incluso extendió su brazo para alcanzar a Sean. Corriendo como nunca antes lo había hecho, agarré a Sean y entré corriendo al Polar II. Rápidamente, Bret cerró la puerta.

¡Bam!

Las criaturas golpeaban la puerta. Los gritos resonaban desde todas direcciones.

Me di la vuelta y respiré profundamente, intentando calmarme. Estaban afuera, todos ellos, golpeando las paredes. No podían entrar; ¿o sí? Mis ojos se dirigieron a la ventana y puerta rotas. Ojos negros rojizos nos miraban a través de dos tablas de madera que Malcolm o Grace debieron haber clavado.

¡Bam! ¡Bam! ¡Bam! ¡Bam! Grace gritaba. "¡Váyanse!"

Sean se sentó, mirándome, su rostro contorsionado por el miedo.

¿Era esto todo? Me preguntaba. ¿Habían llegado nuestras muertes en forma de masas blancas y peludas? Había pasado toda mi vida tratando de salvar especies en peligro, tratando de educar al público sobre causas que realmente importan. Ahora el descubrimiento más asombroso, el hombre bestia, podría costarnos nuestras vidas.

"¿Papá?" Los ojos de Sean se llenaron de lágrimas.

Abracé a mi hijo. "No pueden entrar".

Los rasguños se intensificaban, acompañados de sus extraños llamados y pesados gruñidos. Grace se tapaba los oídos, cerrando los ojos, intentando bloquearlos.

Pasé junto a la ventana y vi a la criatura aún en las tablas, intentando derribarlas.

Una criatura se asomó por una grieta. Su rostro peludo y blanco estaba a tres pulgadas del mío. Solo un grueso trozo de vidrio quedaba entre las tablas.

"Tendrás que esforzarte más", lo desafié.

Los ojos inquietantes entrecerraron, como si intentaran comprender.

"Cuando termine contigo, tendré tu cabeza montada en mi pared. Solía odiar ver animales así, pero no ahora, no esta vez. Tendré tus mejillas rellenas como las de un cerdo y tu piel delante de mi chimenea para la primera noche del próximo invierno", continué con fuerza.

"¿Qué diablos te pasa?" Rugió Bret. "¡Ese es el mayor descubrimiento en la tierra!"

"No me des lecciones", respondí cortantemente. Mi aliento frío hacía que el cristal se empañara. "Tú, de todas las personas, no tienes autoridad para hablar de moralidad".

Grace se acercó a la ventana y luego informó: "Sigue observando cada uno de nuestros movimientos".

La criatura extendió una mano peluda y la apoyó en lo que quedaba del cristal. Grace levantó lentamente su mano y la apoyó contra el cristal. La criatura movió un dedo lentamente.

El dedo índice de Grace siguió. "No nos mates. Por favor, no nos mates".

La criatura cerró su boca con colmillos y luego se alejó. Uno por uno, los demás lo siguieron en silencio, todos desapareciendo sobre la colina nevada.

CAPÍTULO 10

"Cuando llegamos al Polar II, Jack llamó para quejarse de que ya estábamos un día tarde para tomar fotos de los alrededores. El Snowcat que nos dejó tenía un teléfono celular satelital en la guantera. ¿Tenía el tuyo uno también?" preguntó Bret de repente.

"Si había uno dentro, no lo vi".

"Quizás alguien debería revisar los restos", agregó Grace. Malcom miró el monitor. "Está claro que fue un suicidio". Sean hizo una mueca.

Tomé la cabeza de mi hijo entre mis manos, su cabello rubio mojado y puntiagudo pegándose a mis dedos. "Voy a volver enseguida", dije, luego caminé hacia la puerta y moví el pestillo.

"¡Papá!"

"Si ves algo en esa pantalla, Malcom, grita como un loco hasta que te escuche".

Bret abrió la puerta. "¡Hazlo rápido!"

Fuera en el aire frío, no podía ver mucho. Sabía que era una carrera contra el tiempo. Tenía que buscar entre los escombros antes de que oscureciera. Si el Yeti no me veía, podría aparecer un oso polar.

Recordé un estudio que mi esposa había realizado sobre los hábitos alimenticios de los osos polares años atrás. Recordé haber aprendido que los osos polares podían oler la carne a millas de distancia, ver a través del agua helada y alimentarse hasta el amanecer. Sus incisivos podían matar a un hombre de un mordisco. Con la escasez de alimentos, ¿qué más sería una comida perfecta que un hombre?

Frente a mí estaba lo que quedaba del Snowcat. Las ruedas estaban arrancadas. Las puertas y ventanas habían sido arrancadas y el motor yacía extendido sobre la nieve en un desordenado conjunto de metal brillante.

Saltando entre los escombros, finalmente logré agarrar un trozo de la puerta. Se desprendió fácilmente. La pesada puerta había sido desgarrada de sus bisagras por una criatura con la fuerza equivalente a la de diez hombres.

Subiendo al asiento del pasajero, el tanque se tambaleó hacia un lado. Me preparé para la caída, pero solo se balanceó dos veces.

Lentamente, me incliné y comencé a buscar, abriendo el compartimento de la guantera. Dentro había una caja naranja. Un suspiro de alivio escapó de mi boca en una bocanada de aire frío. "Por favor, que sea un teléfono".

Con un ligero clic, la caja se abrió. En su interior, encontré un teléfono celular equipado con una antena de seguimiento satelital y una pistola de bengalas. Una sonrisa se dibujó en mi rostro al descubrir el arma. Aunque no era tan poderosa como la que Malcom había arrojado a la nieve, aún así era un arma. Rápidamente, la revisé, pero solo encontré una bengala. Estaba bien. Sin perder tiempo, cargué y guardé la pistola en mi chaqueta. Esta arma sería un secreto para todos.

Con dedos temblorosos, marqué el número de teléfono de Planet X. El viento soplaba tan fuerte que apenas podía escuchar, así que puse mi mano sobre una oreja e incliné la cabeza.

"Oficina de Jack Sigman".

"Necesito hablar con el Sr. Sigman".

"¿Hola? ¿Hay alguien ahí?"

"¡Pon a Sigman al teléfono!" grité.

"Lo siento, la conexión es pésima. ¿Podrías llamar de nuevo, por favor?" Ella cortó la llamada. "¡Qué rabia!" Me imaginé a la rubia zorra rondando la oficina de Jack Sigman y mi rostro se contrajo de disgusto. Ya había destrozado dos matrimonios y ahora estaba en la mira del de Jack. Era atractiva, sí, como una serpiente coral con sus colores rojo, amarillo y negro, pero letal.

Marqué de nuevo el número.

"¿Hola?" La misma voz femenina respondió.

Grité fuertemente. "¡Soy Adam Reese! ¿Me puedes oír?"

"¿Adam, eres tú?" preguntó ella.

"¡Pon a Sigman al teléfono! ¡Ahora!"

"No tienes que gritar", dijo ella. "Te lo pasaré de inmediato".

"Hola". Una voz profunda habló al otro lado de la línea. "¿Adam?"

"La tripulación está muerta. Encontramos algo. ¡No te lo vas a creer!"

Después de una larga pausa, Jack preguntó: "¿Has estado bebiendo?"

"¡Hay algo persiguiéndonos! ¡Envía el avión a la isla ahora o todos vamos a morir!"

"¿Qué te persigue? ¿Qué ha pasado? ¿Está Mary bien?"

"Ella está muerta. Ambas tripulaciones están muertas", anuncié fríamente. "¡Ahora envía un avión de rescate!"

"Adam, ¿qué le hiciste a Mary?"

"¡Envía el avión!"

"Está bien, pero si le has hecho daño a un solo cabello de la cabeza de Mary..". Luchando contra las lágrimas, tuve que colgar.

CAPÍTULO 11

Rápidamente, regresé. Antes de que siquiera tuviera tiempo de sacudir la nieve de mis hombros, Bret desbloqueó la puerta del Polar II.

"¿Encontraste un teléfono satelital?", preguntó.

"Sí, llamé a Jack. Está enviando un avión de rescate".

"¡Yuju!" exclamó Grace. "¡Nos vamos de aquí!"

Tomé asiento y coloqué mi abrigo sobre el escritorio, asegurándome de que nadie pudiera ver la pistola de bengalas escondida dentro. "Sugiero que trabajemos juntos y recojamos cabellos o huellas alrededor del edificio".

Bret fue hacia la cámara y rebobinó la cinta. Se quedó transformado por un tiempo viendo, y luego dijo: "Ya se han tomado muchas fotos. La única forma en que podemos demostrarle al mundo que no somos asesinos o mentirosos es atrapando a uno". Bret se giró y me miró a los ojos. "¿Recuerdas nuestro safari africano en 1999? Atrapamos a un león de cuatrocientas libras".

"Lo hicimos con buenas intenciones".

"Liberamos a ese león a millas de distancia y regresó. Siete aldeanos fueron asesinados y Planet X todavía está pagando las demandas. No actúes como si nadie se hubiera enriquecido con nuestras acciones entonces. Esta vez podría beneficiarnos financieramente y demostrar que todos somos inocentes de asesinar a todas estas personas. De lo contrario, nadie creerá que estamos diciendo la verdad". "No puedo creer lo que estoy escuchando", suspiró Grace.

"¿Qué tiene de malo limpiar nuestro nombre y ganar algo de dinero en el proceso?", preguntó Bret.

"Nada si eres un cazador furtivo", replicó Grace.

"La única manera segura es traer a uno de vuelta muerto", concluí.

Sean miraba entre las tablas de la ventana. Permanecía absorto en algo que llamaba su atención. "Papá", llamó.

"Aléjate de la ventana, hijo".

"Papá, ahí afuera. Mira". Sean señaló.

Me apresuré, mirando por una pequeña grieta entre las vigas de madera. En lugar de otra bestia grande y aterradora, vi una más pequeña olfateando y arañando la nieve.

Bret se acercó por detrás, mirando por encima de mi hombro. "Podríamos construir una pequeña jaula y llevar de vuelta a ese bebé".

De repente, la criatura pequeña excavó más profundo y se zambulló en un agujero. Grace miró por la ventana. "¿Estás seguro de que era un bebé?"

"Podría haber sido un osezno polar", me di cuenta. "Iré a la cocina y sacaré algo de comida de la nevera. Si podemos atraerlo, tal vez podamos ver qué es".

"¿Cómo es que no apareció nada en el monitor?", se preguntó Bret.

"Solo detecta animales grandes", informó Malcom.

La cara de Sean de repente se volvió pálida. "Papá, ¿estás seguro de que quieres abrir la puerta de la cocina?"

Me costó toda mi fuerza siquiera tocar la perilla de la puerta. Respiré hondo, recordando toda la sangre y partes del cuerpo en el Polar I. Sin mirar abajo, abrí la puerta y me apresuré hacia la nevera. Dentro había hamburguesas en un plato, listas para cocinar.

Mi mente retrocedió a la última barbacoa que Mary y yo tuvimos. Bebiendo, inclinándome sobre las llamas, Mary me pidió que dejara que Bret cocinara en mi lugar. La empujé hacia atrás y le dije a todos: "¡Quiero el divorcio, zorra! ¡Deja de decirme qué hacer!" Mary tiró el delantal y salió por última vez.

El pesar de repente me invadió. ¡Qué idiota había sido! Tuve que tomar algunas respiraciones profundas. Luego agarré el plato de hamburguesas. Tropecé con algo, no me atreví a mirar hacia abajo para ver qué era mientras salía apresuradamente de la habitación.

43

CAPÍTULO 12

Después de desmontar los armarios de madera, decidí usar un hacha para esta tarea. Con los clavos que sobraron, improvisé una caja abierta en un extremo. Al necesitar bisagras, retiré los anclajes de la puerta de la cocina y la dejé apoyada en la abertura para mantener la discreción. Pronto fijé una solapa de madera en la parte frontal de la caja. Luego, utilizando un trozo delgado de madera, enrollé alambre en la parte inferior para crear un dispositivo de trampa en el centro.

Probándolo, abrí la puerta, sostuve abierta la solapa con el soporte de madera delgado, me alejé y tiré del cable trampa. ¡Pum! La puerta cayó. Mis labios se curvaron en una sonrisa.

"Eso podría funcionar de verdad", dijo Bret.

Rápidamente, fui a la caja e intenté levantarla. Solo pude mover ligeramente un extremo antes de que volviera a caer estrepitosamente. "No puedo".

Sean se ofreció voluntariamente, "Voy a ayudar, papá".

"Necesitaremos que todos echen una mano, incluso tú, Malcolm. Hijo, quiero que observes la pantalla y si ves algo, grita lo más fuerte que puedas".

"Genial", dijo Bret sarcásticamente. "Todas nuestras vidas dependen de la atención de un niño".

"¿Vas a ayudar o solo vas a sentarte ahí y ser un fastidio?" pregunté.

"Yo tomaré un extremo", dijo Grace.

Malcolm colocó el plato de hamburguesa dentro de la caja. Grace, Malcolm y yo agarramos cada lado, luego Bret vino y lentamente los cuatro levantamos la pesada jaula.

Mi hijo abrió la puerta principal. A través del viento, gritó: "No se preocupen. Voy a vigilar el monitor".

Mis músculos comenzaron a temblar al llevar el artefacto casero. No sé cómo lo logramos, pero llevamos el pesado artefacto unos cien metros. "Esto servirá".

Bajamos la trampa a la nieve. Bret revisó que la carne de hamburguesa estuviera completamente en la parte trasera. Luego rápidamente sostuvo la puerta abierta. "Está lista. Vámonos", gritó.

"Deberíamos enterrarla un poco", dijo Grace, empujando nieve hacia los lados de la jaula.

Disfrazar la jaula aumentaría nuestras posibilidades de éxito, me di cuenta. Comencé a levantar nieve y a dejarla caer sobre el techo de la jaula. Cuando estuvo cubierta, esparcí una capa ligera de nieve incluso sobre la puerta para camuflarla también.

"Parece más una cueva que una trampa", comentó Grace.

"Con una comida fácil", estuve de acuerdo.

La puerta del Polar II se abrió de repente y mi hijo gritó: "¡Vienen!"

Levanté la cabeza justo a tiempo para ver movimiento en la nieve al norte. El pelaje reflejaba un tono de blanco diferente bajo la luz solar opaca. "¡Corran!"

Los cuatro corrimos hacia el Polar II. Inmediatamente, Malcolm cerró la puerta detrás de nosotros y la bloqueó rápidamente. Miramos por la ventana a las criaturas que se acercaban a la trampa. Bret agarró la cámara de mano. La colocó entre la grieta de las tablas de la ventana y su ojo.

Le lancé una mirada como diciendo "no ahora", pero en el fondo sabía que Bret tenía razón. Cualquier estación pagaría millones por imágenes como esas. Y si tuvieran suerte de traer una criatura viva, eso significaría que nunca tendría que trabajar otro día en su vida.

Repentinamente, tres criaturas peludas rodearon la trampa improvisada, examinándola detenidamente. Una de ellas asomó la cabeza dentro. Tras emitir unos sonidos chirriantes, dos de las bestias levantaron la puerta de la trampa mientras la tercera se agachaba para retirar el plato de hamburguesas con una mano.

Bret jadeó.

La criatura levantó el plato sobre su cabeza. Luego las tres chillaron: "¡AAAAARGH!"

El ruido me estremeció. "¿Cuánto les tomó descubrirlo?"

"Ni treinta segundos", dijo Grace, horrorizada.

Bret esperó hasta que las criaturas se alejaran y bajó la cámara. "Tendremos que hacer una trampa nueva. Una que no vean venir y con un tipo diferente de cebo".

Recordé cómo dirigimos al león sobre una trampa mientras cazaba su comida. Sabía exactamente qué tipo de trampa quería Bret. Me estremecí.

"Quieres decir que uno de nosotros será el cebo".

CAPÍTULO 13

"¿Estás dispuesto al desafío, Adam?" preguntó Bret.

"¡Usar carnada viva es ridículo! Esperaremos aquí hasta que llegue el avión de rescate y luego llevaremos la película que tenemos a Jack en Planet X", dijo Grace.

"No voy a renunciar a esta película por menos de un millón", afirmó Bret.

"Planet X es dueño de la película", recordó Grace. "¿No firmaste el acuerdo como yo? Todo lo que capturemos se convierte en propiedad exclusiva de Planet X".

"Entonces no se lo diremos", dijo Bret. "Diremos que después de encontrar a los demás tuvimos demasiado miedo para filmar. Luego llevaremos nuestra prueba y la venderemos a los tabloides".

¡Pum!

Una silla se rompió, a mitad de la habitación. Levanté la vista y me di cuenta de que mi hijo la había lanzado. Sus ojos estaban llenos de rabia.

"¿Hijo?"

"Mi madre está muerta por esas cosas allá afuera. ¡Ahora también quieres matar a mi padre! ¡Todo lo que te importa es el maldito dinero! Mi papá tenía razón acerca de ti, Bret. Eres un idiota".

Me acerqué a mi hijo y lo abracé. "Hijo, no lo hagas".

"¿Por qué no? ¿No es verdad?"

"Oye, chico, arriesgué mi cuello para asegurarme de que salieras vivo de esa cueva".

"Papá, vámonos de aquí".

"El destino del mundo descansa en nuestras manos, chico", dijo Bret.

"¿Qué?" preguntó Sean.

"¿No ves? Si estas cosas son lo que son, cambiarán todo. Cambiarán los libros de historia en tus escuelas".

Sean se soltó del abrazo de su papá y dijo: "Parece que piensas que la vida de mi madre no vale nada".

Bret levantó la mano. "No dignificaré eso con una respuesta".

Sean insistió. "Papá, cuando estaba en la cueva. Pensé que escuchaba la voz de una mujer llamando. En ese momento, pensé que era solo el viento, pero ¿qué pasa si mamá no está muerta? ¿Qué pasa si todavía está atrapada en la cueva en algún lugar?"

Por un momento, me aferré a la esperanza de que Mary todavía pudiera estar viva. Y luego recordé. "Encontramos su suéter rojo con sangre por todas partes".

"Estaba lejos de todos los demás cuerpos, papá, ¡en la nieve!"

"Ya no necesitamos seguir discutiendo sobre usar carnada viva. Tal vez sería mejor que todos nos tomáramos un descanso y durmiéramos un poco", sugirió Grace. Se dirigió hacia los pocos armarios que quedaban, tomó algunas mantas y las repartió entre todos. Luego, se agachó y sacó algunas almohadas del estante más bajo. "Esto debería ayudarnos a descansar un poco mejor".

"¿Cómo puedes siquiera pensar en dormir?" preguntó Bret.

"Tomaré el primer turno de guardia. Cada par de horas cambiaremos". Miré el reloj en mi muñeca. "A las dos, te despertaré. Luego, Malcolm, tomaremos el turno de cinco a nueve. ¿De acuerdo?"

Los hombres asintieron uno por uno. "Pero, ¿papá?"

Rápidamente, extendí una manta y una almohada. "Aquí tienes, hijo".

Lentamente, Sean hizo un lugar a su lado y se acurrucó. Observé por unos momentos, el temblor de sus hombros, la forma en que apartaba la cabeza. Sabía que estaba lamentando la pérdida de su madre. Yo solo podía esperar que no lo afectara gravemente.

"Papá", sollozó Sean. "¿Crees que es posible que mamá todavía esté viva? Todo lo que vi fue sangre".

"Quiero creer".

"¿Ya no la amas?" preguntó Sean.

No me llevó mucho tiempo responder. "Siempre amaré a tu madre". Los hombros de Sean dejaron de temblar y poco después lo vi quedarse dormido, escuchando una última frase salir de sus labios. "También la extraño, papá".

CAPÍTULO 14

Mi turno de guardia transcurrió sin incidentes. Cuando le tocó a Bret vigilar, debí haberme quedado dormido porque desperté con Malcom sacudiendo mis hombros.

"¡Adam!"

Rápidamente, revisé a mi hijo durmiendo a mi lado, luego me levanté y fui hacia la ventana donde estaba Malcom.

Señalaba hacia abajo a través de las grietas en las tablas de la ventana con una expresión asustada en su rostro. "Están cavando".

"¿Por qué no me despertaste cuando aparecieron en el monitor?"

Debajo de la ventana, varias criaturas blancas masivas estaban arañando la nieve, creando un agujero gigante debajo del Polar II.

Bret se acercó por detrás, secándose los ojos. "¿Qué está pasando?"

Me agaché en el suelo y miré a través de la madera hacia una delgada capa de acero. "Estamos protegidos".

"Eso es lo que pensé", dijo Malcom. "No pueden entrar de esa manera, ¿verdad?"

¡Pum! La madera explotó en el medio del suelo. Los fragmentos salieron en todas direcciones.

Sean se despertó de golpe.

Grace gritó. "¿Qué demonios?"

¡Pum!

Un puño blanco atravesó el metal que se doblaba. Dedos afilados se agarraron alrededor del agujero, buscando cualquier cosa que estuviera cerca. Tomé el hacha y golpeé. Justo cuando el hacha giraba, las manos de la criatura descendieron.

Bret agarró su abrigo. "Tenemos que irnos".

Nos miramos; cuatro brazos más irrumpieron a través del metal. La madera se rompió bajo nuestros pies, el agujero creciendo lo suficiente como para que uno de ellos pudiera pasar.

"No afuera", dijo Grace.

"Conozco un lugar", dijo Bret mientras tomaba la cámara. "Está cerca del lago. Vamos rápido. No podemos permitir que nos vean irnos".

Como grupo, salimos apresuradamente del Polar II. El viento se sentía más frío que antes, pinchando mi rostro. Abracé a mi hijo y miré hacia atrás. Las tablas de la ventana estaban siendo arrancadas. Detrás del vidrio roto, seis de las bestias blancas y peludas nos miraban.

"¡Rápido! No falta mucho", dijo Bret.

Corrimos lo más rápido que pudimos sobre la cumbre. Desde aquí, podía ver el lago congelado a lo lejos y escuchar los extraños sonidos de los animales en persecución.

La nieve se volvía más profunda y el viaje se hacía más difícil. A mi hijo le costó demasiado seguir el ritmo. Finalmente, reuní el valor para mirar hacia atrás. Cinco de las criaturas nos seguían, a velocidades el doble de las nuestras, sus pies enormes les daban ventaja.

De repente, Bret llegó al borde del agua congelada. Empezó a resbalar. "¡Vamos!"

Poniendo mi bota en el lago, me pregunté si había puntos débiles. Ignorando el peligro, temiendo más ser devorado que caer en el lago congelado, corrí tras Bret y los demás sobre la superficie lisa, resbalando y corriendo a medias.

Las criaturas se acercaron al borde, tocando el hielo y probando su resistencia. Una bestia se inclinó y golpeó el hielo, rompiéndolo fácilmente. Luego, comenzó un horrible sonido de crujido mientras el hielo se agrietaba en largas líneas.

"Distribuyamos nuestro peso. ¡Rápido!" dijo Bret.

De repente, Malcom cayó por el hielo con un gran chapoteo. "¡Malcom!" gritó Sean.

"¡Sigan adelante! ¡Yo lo ayudaré!" Inmediatamente, me incliné sobre el borde del agua, intentando agarrar la mano de Malcom. Al mirar por el agujero congelado, lo que descubrí me aterrorizó. Los ojos de Malcom sobresalían de terror mientras una gran osa polar hembra le mordía el cuello y lo arrastraba hacia abajo en las cristalinas profundidades. La sangre brotaba a la superficie en una gran piscina carmesí.

El grupo estaba mucho más adelante ahora. Los Pie Grande blancos corrían alrededor del lago para atraparnos al otro lado. Si yo iba a sobrevivir, tenía que alcanzarlos antes que las criaturas. Tratando de no pensar en el destino de Malcom, me levanté y corrí velozmente.

Bret se dejó caer junto a un montículo de nieve y rápidamente comenzó a cavar, revelando la escotilla de un submarino. Con un tirón, abrió la puerta. Grace y Sean descendieron primero, seguidos por Bret. Al percibir el olor de las bestias que se acercaban, me agarré a la escalera con el codo y salté. Bret cerró la puerta de golpe y la aseguró girando la rueda desde dentro.

¡Pum! ¡Pum! Los golpes del puño de los animales resonaban contra el cerrojo. Traté de sostenerme de la escalera. La fuerza del salto me lastimó el brazo y caí varios metros al suelo de acero. Al rodar hacia abajo, mi hombro golpeó la pared trasera. El dolor me recorrió el brazo y un adormecimiento me recorrió el cuello.

Sean me agarró. "¿Estás bien, papá? ¿Papá?"

Levanté la mano y sentí un bulto en la parte posterior de mi cabeza. Eso extrañamente no dolía tanto como mi brazo. "Mmm".

Bret descendió por la escalera y preguntó inmediatamente, "¿Dónde está Malcom?"

"No lo logró", dije.

Grace preguntó de inmediato: "¿Por qué no lo sacaste?"

Sin querer alarmar a mi hijo sobre un oso polar en las cercanías, dije: "Fue arrastrado por la corriente. No había manera de alcanzarlo".

Grace se tapó los ojos con las manos y empezó a balancearse de atrás adelante.

Recobrando el balance, Bret se puso de pie. "Este es el S.S. Alaska. Descubrí este submarino hundido mientras buscaba a Al. Es sólido. Había un agujero en el extremo más bajo donde se hundió. Alguien selló la sección y probablemente regresarán en primavera para recuperar el submarino una vez que el hielo se derrita".

Respiré profundamente; mi cabeza estaba palpitando. Desenfocado, mis ojos de repente se desenfocaron en el rostro de Bret. Me apoyé pesadamente contra la pared mientras la oscuridad me abrumaba.

CAPÍTULO 15

Desperté con un estruendo explosivo. Mis ojos se abrieron de golpe para encontrar la escotilla siendo arrancada y tres criaturas enormes saltando junto a la escalera. Sus colmillos goteaban sangre. Sus garras se extendían desde sus dedos como si fueran gigantes felinos.

Bret agarró una de mis piernas. Grace y Sean agarraron la otra y me sacaron de la cabina contigua. Las bestias corrieron tras nosotros. Bret cerró de golpe las puertas. Las bestias las atravesaron mientras llegábamos a una habitación donde no había salida.

"No hay puerta. ¡Estamos atrapados!", dijo Grace.

Los seis animales comenzaron a dispersarse y a rodearnos, presionándonos contra la pared.

"¡Déjennos en paz!", dijo Grace.

Una criatura se acercó y se erguía sobre mí, sus ojos rojos perforándome. No había visto nada tan aterrador antes o tan hermoso. En el centro de la pupila roja había un tono morado en el exterior. Se hacía más grande y más pequeño, dependiendo de cómo la criatura inclinaba la cabeza.

Debajo de su nariz peluda, podía ver fácilmente largos incisivos. Se parecían a los dientes de un vampiro. Yo no podía apartar la mirada, mirando directamente a estas criaturas infernales.

Poco a poco, la bestia levantó un conjunto de garras afiladas y las colocó en mi hombro, clavándolas profundamente en mi carne.

Grité.

Bret intentó levantar las grandes uñas, pero en vano. La criatura lo apartó como diciendo "buen intento".

"¿Me entiendes?", pregunté.

"Ra Madahna Dey". Habló con el mismo tono que acababa de usar. "Ra Ra doh ma…ka ni".

"Mi nombre es Adam", dije. "Sé que debemos parecerte extraños. Créenos, tú nos pareces diferente, pero eso no significa que tengamos que ser enemigos".

El pelo de la criatura en la parte superior de su cabeza se erizó y tembló. "¿Qué significa eso?", preguntó Grace.

"Cuando las criaturas se muestran así es una señal de dominancia". Bajé la mirada. "Haz lo que hago yo, baja la cabeza para mostrarle tu respeto".

Rápidamente, Grace bajó la cabeza y Bret se arrodilló, rindiendo homenaje a estos demonios blancos. Una bestia agarró a Grace, llevándola en sus brazos.

"¡Suéltame!", exigió ella.

Intenté levantarme pero las garras se clavaron más profundamente en mi hombro, luego vino otra mano alrededor de mi cuello. No me estrangulaba, pero me mantenía abajo.

"¡Ayuda!", gritó Grace.

Tiré de los brazos peludos que me rodeaban, pero antes de poder liberarme, el atacante de Grace le mordió el cuello con largos incisivos. Sus ojos rodaron hacia atrás y su cuerpo sin vida cayó al suelo.

Con la sangre manchando su rostro blanco, la criatura luego agarró a Bret, le arrancó la cabeza de un golpe rápido y pateó su cuerpo. Los otros se abalanzaron y comenzaron a consumir los cadáveres de Bret y Grace en el suelo.

Empujé a mi hijo. "¡Corre hacia la escalera! ¡Ahora!"

"¡No te dejaré!"

Sentí fuertes dolores en el pecho. Bajé la mirada y vi que las garras ahora se clavaban profundamente en mi pecho. "¡Corre!"

"¡Papá! ¡Papá!"

Mi cuerpo tembló. Abrí los ojos y encontré a mi hijo sobre mí.

"Papá, te golpeaste la cabeza muy fuerte. Papá, ¿me puedes oír?"

Me senté. Bret y Grace estaban mirando desde lejos. Miré alrededor de la habitación, no había cadáveres. ¡Todos estaban vivos! Mi corazón latía fuertemente mientras veía expresiones preocupadas mirándome. Sus muertes habían sido solo un sueño.

CAPÍTULO 16

"¿Te duele la cabeza, Adam?" preguntó Grace.

Sintiéndome mareado, me levanté lentamente. "¿Cuánto tiempo estuve inconsciente?"

"Unos minutos", respondió ella.

"¿Dónde está mi linterna?" pregunté.

Ella agarró una linterna de su cinturón y me la lanzó.

"Deberíamos echar un vistazo al resto del submarino". Encendí la luz. "Necesitamos encontrar suministros".

El grupo de nosotros comenzó a moverse por el pasillo. El fondo estaba oscuro. La linterna se deslizaba por las paredes de metal y en las habitaciones. Buscando arriba y abajo en escritorios volcados y sillas rotas, seguimos adelante. Podía ver el aliento saliendo de mi boca y supuse que esta parte del submarino estaba bajo el agua. La luz se deslizaba por la pared lateral donde descubrí un ojo de buey. Había una foca al otro lado aplastando su nariz contra el cristal.

"Papá, ¿estás seguro de que estás bien?"

"Sí". Me quité la chaqueta y se la puse a mi hijo sobre los hombros. "¿Tienes frío?"

"Pero te congelarás", dijo Sean.

"Estoy bien", respondí.

Nos adentramos más en el submarino. Había fotos en el pasillo de muchos hombres en uniforme naval y una mitad de una foto rasgada de una niña con el pelo dorado y rizado.

"¿Por qué crees que toda la tripulación abandonó el barco?" preguntó Grace.

"Cuando el casco húmedo chocó contra el glaciar, entró agua que terminó congelando al submarino", dijo Bret.

Viajamos más abajo por el pasillo hasta que nos encontramos con dos escotillas, una a la derecha y otra a nuestra izquierda. Toqué la puerta derecha. Se sentía como tocar hielo, así que retiré la mano. "Esto debe tener agua detrás". Luego probé la otra escotilla. Estaba fría pero no tanto.

Le pasé la linterna a mi hijo. "Manténla en la puerta". Agarré la rueda de la escotilla.

"¿Y si hay agua?" me preguntó Grace. "Si comienza a filtrarse, volveré a apretar el cerrojo". "¿Estás seguro de esto?" preguntó Bret.

"Puede haber mantas y comida al otro lado".

Bret asintió en acuerdo y agarró también la rueda. "A la cuenta de tres", dijo.

"¡Uno, dos, tres!" Comenzamos a girar la rueda.

Sean se inclinó para ver si salía agua; no había ninguna. "Todo despejado". La escotilla se abrió un poco. Sean exclamó: "No hay agua".

Abrí la puerta lentamente mientras la linterna se movía rápidamente para ver qué había en la habitación. La sangre había goteado desde el techo y por las paredes. No había cadáveres, solo un oso de peluche con las palabras "Te quiero, papá" escritas en su pecho, sentado en la esquina.

Al abrir el cajón más cercano, esperando encontrar mantas o ropa extra, me sorprendió encontrar sangre goteando dentro. "¿De dónde viene esto?"

"Aquí, papá". Sean me lanzó de vuelta la linterna.

Con la luz, me moví alrededor del tocador buscando la fuente de la sangre. Detrás había una puerta. Descubrí rápidamente un baño vacío. Había un sombrero de capitán en el lavabo. Todo emitía un reflejo plateado excepto las marcas de manos teñidas de rojo en la parte trasera de la ducha.

Atascada entre dos postes de metal, la puerta de la ducha bloqueaba un agujero en el submarino. En el agua cristalina y profunda, una masa blanca y peluda nadaba hacia el submarino con patas traseras que nadaban como una sirena. Los peces comenzaron a saltar en todas direcciones.

Con un repentino estallido de velocidad, la criatura golpeó contra el cristal. La masiva criatura blanca y peluda empujó la puerta a un lado. El agua irrumpió dentro.

Como un rayo, huimos. La bestia blanca estaba entrando. Grace corrió a través de la escotilla. Agarré la puerta del submarino. Bret la golpeó y empezamos a girar la rueda para mantener el agua y la bestia fuera.

La criatura empujaba con fuerza, haciendo grandes abolladuras en la puerta. Retrocedí, preguntándome si la puerta se iba a romper, pero luego solo se escuchó el chapoteo del agua.

La linterna parpadeó.

La oscuridad llegó, seguida del silencio.

CAPÍTULO 17

"Papá, ¿qué deberíamos hacer ahora?" "¿Ahora qué?" Bret me preguntó.

"Necesitamos mantener la calma".

Al golpear la linterna contra mi pierna, parpadeó y comencé a guiarlos de regreso hacia el compartimento principal. Grace se detuvo bajo la escalera; sus ojos miraron hacia arriba.

Me di cuenta de que las criaturas habían detenido sus intentos de intrusión y me pregunté por cuánto tiempo. ¿Estaban tramando algo? ¿Habían olvidado que nos habíamos convertido en su cena?

Mis ojos escanearon la habitación. Sobre los pupitres y sillas volcados, vi una caja negra sujeta a la pared. Fui y la abrí. Dentro había una pequeña botella de whisky. "¿Qué opinas, Grace? ¿Deberíamos tomar un trago?"

"Tengo algo más en mente que emborracharme de nuevo contigo, Adam".

"Papá, por favor. ¡No lo hagas!"

Bret arrebató la botella de mi mano. "¿No fue eso lo que destruyó tu matrimonio?"

"¿Qué diablos se supone que significa eso?" respondí.

"Todos lo sabemos". Bret tomó unos sorbos.

"No es asunto tuyo".

"Lo es cuando depende de ti mantener la cabeza en su sitio", replicó Bret. "Si hay algún momento para dejarlo, es ahora".

"Al menos nunca hice lo que tú hiciste".

"Eso fue un golpe bajo", dijo Bret tomando otro sorbo. "Ahora resulta que soy culpable de que te hayas convertido en un borracho. Ella vino a mi apartamento para hablar sobre lo pésimo que habías sido como esposo. Se quedó dormida en el sofá. La llevé a la cama, cerré la puerta y dormí en el sofá. Tú la echaste de la casa, presentaste los papeles de divorcio, ¿y para qué?¿esto?"

Agarrando a Bret por la camisa, lo empujé contra la pared mientras las lágrimas afloraban. "¡Maldito bastardo!"

"Nunca dormí con ella, Adam", dijo Bret.

"Pero te acostaste con la mitad de la tripulación en Georgia, LA, Atlanta; ¿debo seguir?" Bret alisó su camisa sobre sus abdominales marcados.

"Pero no con ella".

Le arrebaté la botella. El dolor de perder a Mary volvía a aflorar dentro de mí. Ya era bastante difícil mirarlo y recordar nuestro pasado. "Estás mintiendo".

"La encontraste completamente vestida debajo de las sábanas. Tú y tu testarudez ni siquiera preguntaron qué pasó".

"Me fui a casa y ella nunca regresó".

"¿Te gustaría volver a casa contigo?" Bret levantó las manos. "Al menos aún tienes la botella para hacerte compañía".

"No sabes lo difícil que fue. No quería que ella me viera desmoronándome".

"Tuviste una gran esposa, un hijo excelente, y lo tiraste todo y la culpaste a ella. ¡Tú eres el que debería estar muerto ahora!"

"¡Basta!" Grace gritó. "Adam, Bret tiene razón. Necesitas mantener la cabeza despejada".

Por un momento, miré el whisky en la botella, deseándolo más que nunca. Lentamente, Grace me lo quitó de las manos.

Sean me abrazó, dejando claro lo feliz que acababa de hacer a mi hijo.

Bret rodó los ojos y fue hacia la puerta. Puso el oído contra ella para escuchar. Luego se alejó y se sentó en el suelo. "No me gusta esto. Están callados".

"Más bien creo que tu lengua grande los asustó", dijo Grace, consumiendo el resto del whisky ella misma.

CAPÍTULO 18

Acurrucados juntos, dormimos durante la noche. Al menos intenté hacerlo. Cada sonido chirriante me hacía cambiar de posición, junto con las palabras de Bret que atormentaban mis sueños.

En el momento en que Bret despertó, tuve que admitir: "Tenías razón. Culpe a Mary cuando fue mi alcoholismo el que arruinó todo. Mi esposa se ha ido y no hay nada que pueda hacer. Murió, odiándome".

Bret dijo: "No pretendía expresarlo tan fríamente".

Tumbado junto a mí, Sean de repente se levantó. Una bestia peluda estaba mirando por el ojo de buey, una pata con garras apoyada contra el cristal.

"¿Se romperá?" Grace se incorporó.

Bret agarró la cámara y comenzó a grabar a la criatura en la ventana. "Adam, ilumina para que pueda captarlo bien".

Los rayos se movieron hacia la ventana de vidrio biselado para ahuyentarla. La bestia tenía una mirada triste en sus ojos. Me acerqué y miré fijamente a las pupilas rojas brillantes.

Bret dijo: "Esto está fuera de toda escala, mira lo grande que es su cabeza en comparación con la tuya".

"¿Qué pasa?" Le hablé a la masa blanca peluda. "¿No vamos a ser tu cena, después de todo?"

De repente, un extraño zumbido vino de arriba, aumentando en volumen. Lo supe de inmediato y una emoción recorrió mis venas. "¡Avión!" "¡No podemos llegar a la estación!" Grace jadeó.

Mientras miraba por el ojo de buey, la criatura ya no estaba allí. "¡No perderemos el avión!" Subí apresuradamente por la escalera y comencé a abrir la escotilla de la puerta.

"¡Esperen!" Bret advirtió.

"Es nuestra única oportunidad. Ellos pensarán que estamos entre los muertos". Con el último giro, miré hacia afuera y descubrí que las criaturas ya no estaban allí. El camino estaba despejado. "¡Vamos! ¡No miren atrás!" "¿Todavía hay alguno arriba?" Preguntó Sean.

"Se fueron". Salté y extendí mi mano para ayudar a Grace a levantarse.

En cuestión de segundos estábamos en el aire frío, buscando a las criaturas con el rugido del avión cada vez más fuerte.

"Los ruidos del avión los espantaron". Bret guardó la cámara dentro de su chaqueta.

Los cuatro corrimos hacia el Polar II en la distancia. El avión se dirigía directamente hacia el edificio.

¡Zas!

Desde debajo de la nieve, una mano blanca y peluda agarró mi pierna, haciéndome tropezar. "¡Papá!"

"¡Vete!" Grité.

La bestia gigante saltó de la nieve y corrió tras Sean y Grace. Con el pelaje espeso, más criaturas comenzaron a salir de la nieve a mi alrededor, cinco de ellas. Como perros mojados, se levantaron, sacudiendo el hielo.

El avión aterrizó. Mi corazón latía fuertemente ya que una criatura podría alcanzarlos antes de que se detuviera por completo. En retrospectiva, me di cuenta de que deberíamos haber esperado hasta que el avión aterrizara. No pasaría mucho tiempo hasta que la bestia más grande alcanzara a Sean y Grace.

Sintiendo garras en mis piernas, saqué la pistola de bengalas de mi chaqueta. Di la vuelta y me encontré con las cinco criaturas paradas alrededor de mi cuerpo.

Al escuchar los gritos de Sean, levanté la pistola de bengalas para explotar en el pecho de la criatura central.

De repente, todas las bestias levantaron las manos. Una retrocedió, las demás siguieron su ejemplo, como si dijeran: "No dispares".

No podía creerlo. "¿Todos ustedes saben qué es un arma?"

La criatura central levantó la mano hasta su cabeza y se arrancó el pelaje. Ante mí estaba Saul Cannon, el líder del Polar II, con una máscara blanca y peluda en su mano con garras.

"¿Saul?"

"¡No dispares, Adam! Soy yo".

Las bestias a su lado se quitaron las máscaras. Apareció una mujer rubia de ojos azules grandes. El aliento abandonó mi cuerpo. Respiré un suspiro de ira mezclado con alivio. Nunca había estado tan atónito y emocionado. "¿Mary?"

"¡Ken!" Saul llamó.

CAPÍTULO 19

Persiguiendo a Bret, Grace y Sean hacia el avión, la criatura se detuvo inmediatamente y regresó para pararse junto al cuerpo de Adam. "Hola, Adam". Quitándose el tocado, un hombre reveló cabello entrecano y una larga barba.

No pasó mucho tiempo antes de que Bret, Grace y Sean se dieran la vuelta y procediera a acercarse al grupo.

"¿Ken Peters?" Grace jadeó.

Sean corrió hacia su madre. "¡Mamá, estás bien!"

"¿Por qué lo trajiste?" Mary fulminó a Adam con la mirada.

"Oh, no, no vas a echarme la culpa a mí. Quería que nuestro hijo tuviera una aventura. No pensé que su madre iba a tratar de asustarnos hasta la muerte".

Grace dio un paso adelante y abofeteó al hombre mayor. "¿Es esto algún tipo de broma?"

Me levanté y agarré la cámara de Bret. Presionó expulsar. Salió la cinta de video. "¿Es por esto, Saul?"

Saul asintió lentamente con la cabeza. "Y valió la pena que me echaran orina de mofeta y mono encima. Notaste ese olor, ¿verdad?"

"Nos asustaron a propósito". Sean retrocedió para pararse al lado de su padre.

"Ken, le dije que lo hiciera porque quería contarte todo en la cueva de lo que estaba sucediendo. Tu padre entró corriendo y te salvó antes de que pudiera explicar", dijo Mary.

"¿Cómo pudiste hacer esto? ¡Pensé que estabas muerta, mamá!"

De los tres seres enmascarados restantes, dos se quitaron la máscara. De la cabeza del hombre más alto sobresalieron rastas; el otro mostraba un rostro oscuro familiar.

"Vaya, si es Malcom el que sigue vivo, y su hermano Jason Carson". Grace jadeó. Volví a meter la pistola de bengalas en la chaqueta. "¿Acaso tu muerte fue un montaje, Malcom? ¿Cómo lo conseguiste, con toda esa magia de película de sangre y vísceras? ¿Era real el oso?"

"Trajimos a Maggie del zoológico. Nuestro mayor temor era que reconocieras a la osa polar por tus visitas, así que la hicimos engordar un poco y le pusimos sangre falsa en el pelaje", dijo Malcolm.

"Lo que sea necesario para ganar dinero, ¿verdad?" "La idea fue toda mía", admitió Bret.

Lo miré con furia. "¿Así que estabas metido en esto también?"

"Escucha, sabes tan bien como yo cuánto gana Planet X con nuestros documentales", dijo Bret. "Ya salimos e hicimos la porquería de Jack sobre osos polares. Vamos a vender la película falsa de Pie Grande al mejor postor en el mercado negro".

"Así que Grace y yo fuimos enviados aquí como comparsas en tu guion", pregunté.

"Necesitábamos capturar el miedo real". Bret se encogió de hombros. "No sabíamos que ibas a traer a Sean. Casi cancelamos todo cuando lo vimos".

"¡Casi!" Grace gritó. "Es solo un niño. Esto fue bajo, Bret, incluso para ti. Entonces, ¿quién es este último, Mike?" preguntó a la única criatura que aún llevaba una máscara.

La criatura bajó la cabeza, asintiendo. "Todos seremos millonarios", prometió Bret.

"¿Y qué pasa con mi hijo?" Pregunté a Mary. Sean no podía mirar a ninguno de ellos.

"Es una buena lección que debe aprender cualquier niño", dijo Bret. "El único monstruo real en esta vida es la codicia".

"Sólo hice un papel porque necesitaba dinero para un abogado de divorcios. Entonces empecé a pensar que, si no habías bebido en todo esto, quizá, quizá ibas realmente en serio cuando dijiste que lo dejarías", dijo Mary.

"¡Puede que papá haya sido un borracho!", gritó Sean, "¡pero al menos no es un mentiroso, mamá!"

Sus ojos se llenaron de lágrimas. "No tomaste un trago, ¿verdad, Adam? Dejamos botellas en el Snowcat y en el submarino. Ni siquiera diste un sorbo".

"Te dije que iba a dejar de beber".

Su mano se levantó hacia sus ojos y se secó las lágrimas. "Nunca dormí con Bret, ¿sabes?"

Adam asintió. "Te fuiste por mi problema con el alcohol".

"Ni siquiera quiero el divorcio. Solo quería que nuestra familia volviera a ser como antes".

"Arruinaste esta reunión". Bajé la cinta de video a mi lado.

"Quería al hombre con el que me casé de vuelta", admitió Mary. "Y ciertamente no pensé que traerías a Sean aquí. Se suponía que lo llevarías a casa de la tía Lucy, ¿recuerdas?"

"Bueno, discúlpame por querer traer a nuestro hijo a visitar a su madre. ¡No me di cuenta de que ella tenía este lado morboso y raro que quería asustarlo!"

"Bueno, al menos sabemos que dejaste de beber. Si no lo hiciste durante esto, probablemente nunca lo harás de nuevo", dijo Bret.

"Ni siquiera..".., señaló Adam. "¡Eso no cambia que lo primero que voy a hacer en el avión es llamar a Jack y contarle lo que está pasando!"

Saul arrebató la película de mis manos y rápidamente se la entregó a la única criatura enmascarada. "Mike, pon esto en la caja fuerte". La criatura se apresuró a alejarse.

Saul empujó el pecho de Adam. "No vas a arruinar esto para mí. Les daremos a todos una parte justa del dinero, incluso al niño".

"¡Ni loco seré parte de este fraude!" Lo empujé hacia atrás.

Grace se interpuso entre nosotros, interrumpiendo rápidamente. "¿Cuánto?"

CAPÍTULO 20

Un destello de brillo se reflejaba en los brillantes ojos verdes de Saul. La sombra de las cinco en punto alrededor de sus labios azulados se balanceaba ligeramente. "Millones, cariño", así es como lo expresó.

Grace respiró profundamente como si estuviera sorprendida por la meta financiera. "Estoy dispuesta a olvidar la autenticidad".

"Piénsalo, Adam", dijo Mary levantando las manos. "Finalmente puedes conseguir esa camioneta Hummer color granate".

"¿Te rebajas al soborno, Mary?"

"¿Y Sean?", me preguntó de manera bastante ofensiva. "Podemos comprarle esa bicicleta RX2987".

"Me olvidaría de esa bicicleta si pudiera tener a mi familia de vuelta como era antes de que papá empezara a beber y tú empezaras a salir con Bret", dijo Sean.

Cerré los ojos y sentí cómo esas palabras me atravesaban como un cuchillo. Mi hijo siempre había querido impresionar a sus amigos con su lujosa bicicleta; para él, era un símbolo de estatus y popularidad. Pero ahora me daba cuenta de que, en realidad, a Sean le preocupaba más que yo dejara de beber que el hecho de no tener esa bicicleta. ¿Acaso he sido realmente tan mal padre? Me preguntaba, viendo el daño que había causado a un niño inocente y a una mujer que solía ir a la iglesia todos los domingos.

"Papá", preguntó Sean, "¿qué quieres tú?"

"Que este infierno termine".

Sean me abrazó. No me había abrazado tan fuerte desde que era un bebé aferrándose a mi brazo con dedos diminutos. Este fue uno de esos abrazos que solo un padre puede apreciar. Era mi hijo y realmente me amaba.

Mirando a mi esposa, murmuré suavemente, "He lastimado a ambos y veo lo que ha hecho mi bebida. Lo siento. Ni siquiera podría culparte si hubieras dormido con Bret".

"No nos acostamos", dijo Bret, "desafortunadamente".

"No, no lo hiciste". Sonreí, complacido. "Pero tuviste suficiente tiempo para convertir a mi esposa en alguien dispuesta a aceptar dinero por una especie inexistente. Quizás la llevé al límite, pero tú la empujaste".

Mary encogió sus pequeños hombros. El desdén en su voz se convirtió en súplica. "Esto no es culpa de nadie. Todos podemos trabajar juntos y hacer una fortuna aquí".

"Mi satisfacción proviene de transportar animales adonde no los cazarán los codiciosos cazadores furtivos. ¿Quieres que te paguen por mentir al público? No creo que sea una buena forma de ganarse la vida. No tiene justificación".

En un instante, Bret metió la mano en la chaqueta, cogió la pistola de bengalas naranja y me apuntó directamente al pecho. Ocurrió en un instante, sin tiempo para reaccionar. Si hubiera tenido la oportunidad, seguramente yo mismo le habría estrangulado con la pistola.

"Entonces supongo que tendrás que morir", explotó Bret, apretando sus manos en el arma.

"¡Suelta eso!" Mary suplicó.

"Me perdonarás cuando consigas el dinero, Mary". Con un brillo cómplice en los ojos, sonrió como un cocodrilo.

"Deja a Adam en esta isla. Los osos polares no tardarán en atraparlo", sugirió Saul.

"Entonces volveré a Estados Unidos y diré a la prensa que esa película no es más que una falsificación", dijo Adam.

Bret se rió a medias. "Como si alguien fuera a creer a un borracho. Mary, voy a preguntar. Ya sabes lo que siento por ti. Ven conmigo y sé asquerosamente rica. Quédate aquí y muere. ¿Cuál es tu elección?"

María no respondió. Negó con la cabeza, pero en sus gemas azules brilló un sí. Dio unos pasos y luego me miró como si yo fuera a hablar por ella. Aquellos días se habían acabado. Era su decisión, Bret o yo, así que me callé y esperé la respuesta.

"No sé acerca de ella", dijo Grace. Su expresión pasó de preocupación a confianza. "Pero estoy contigo, Bret, mientras no mates a Adam".

"¿Y no etiquetarás la película como un fraude?" Bret le preguntó.

"Tomaré el dinero".

Mary mordió su labio superior y tomó su decisión. "De acuerdo. Iré contigo, Bret, pero que no le pase nada a mi esposo. Solo déjalo y volaré de regreso en unas semanas después de que vendamos la cinta. Hay comida en el Polar II y Adam puede manejar los elementos y la vida silvestre hasta entonces".

Tuve que apartar la mirada. Una vez había sido un ángel con un corazón de oro, pero ahora apenas la reconocía. "¿Qué le pasó a mi dulce esposa?"

"Necesito estar segura de que podré mantenernos a flote si vuelves a caer en la bebida, así nuestro hijo podrá tener la oportunidad de ir a la universidad y construir un futuro sólido en lugar de tener que lidiar con la carga de recoger a su padre ebrio del suelo".

Sentí la presión de la pistola nuevamente en mi pecho. No era una sensación agradable saber que Bret no solo me odiaba, sino que también quería que muriera si intentaba detenerlos. Me recorrió un escalofrío, pero no era miedo ni frío, solo rabia. Seguro que el sentimiento era mutuo.

"Empieza a caminar", dijo Bret en un tono inquietante.

Sean agarró mi brazo. Levantó su cabeza con cabello en punta, apretó su mirada y dijo con tanta convicción: "Me quedo con mi papá".

"¡No, tú no!" Mary se abalanzó sobre él. Él le escupió con desprecio.

Ella se detuvo repentinamente, sorprendida por su acción. Su mirada se tornó intensa, como la de una madre considerando sus opciones de disciplina. Sin embargo, después de un momento, su rostro se relajó, como si hubiera llegado a la conclusión de que Sean tenía motivos para estar molesto. Con paso lento, se colocó frente a él.

"No puedes obligarme, mamá. ¡Te delataré! Se lo contaré a todos en el colegio, a cualquiera que me escuche". "El niño se queda", decretó Bret.

"Tu padre puede sobrevivir". Mary agarró el borde de la chaqueta de Sean, pero él le apartó la mano. "¡Por favor, hijo, debes venir conmigo!".

"Tú también puedes quedarte, Mary, pero entonces no podrás volver a por ellos cuando hayamos vendido la película". La atención de Bret se dirigió a Sean y a mí. "Claro que si algún oso polar mastica sus dos cuerpos mientras tanto, eso podría ser bueno para nuestros índices de audiencia". La pistola de bengalas se dirigió entonces al torso de Mary mientras volvía la sonrisa reptiliana de Bret. "¿Vienes, querida?"

CAPÍTULO 21

Mike volvió con un anuncio, el pelaje blanco ya no le cubría la cabeza y le faltaba la cinta de vídeo de la mano. A esta distancia, no podía distinguir los rasgos de huesos grandes de Mike, pero reconocí su enorme estatura de dos metros. Nos conocimos brevemente en una fiesta del 4 de julio que celebró Planet X, donde se jactó de los cientos de kilos que podía levantar haciendo culturismo. Nacido en Gran Bretaña, Mike hablaba con un ligero acento, en voz alta, mandón y arrogante.

"¡El avión ha llegado! ¡Vamos a hacernos malditamente ricos!" gritó Mike. Oh, sí, ese era él, pensé.

"Mary, sube al avión", demandó Bret. "Malcom, haz lo necesario mientras Saul y yo nos encargamos del asunto".

De repente, Bret agarró mi brazo y Saul empujó a Sean hacia adelante. Con la luz de una linterna, a través de la nieve espesa, nos dirigimos hacia la montaña donde Sean había sido mantenido anteriormente. La cueva nos proporcionaría calor y refugio. La comida en el Polar I debería alimentarnos hasta que Mary regresara. Una ola de alivio recorrió mi espalda, al darme cuenta de que podríamos salir de este lío con vida.

Incluso molesto, quería ver a Mary una vez más antes de partir hacia el barranco. Miré hacia atrás y la vi observando. El largo cabello rubio de Mary ondeaba en el frío viento y sus cejas estaban fruncidas de preocupación. Recordé el primer momento en que toqué accidentalmente su cabello, bailando en una pequeña cabaña junto a un río mientras un guitarrista tocaba música española en Río. A pesar de no ser fanático de la salsa, me vi obligado a acercarme cuando la vi balanceando sus caderas en el centro de la pista. Después de la siguiente canción, me deslicé junto a Mary y su pareja. Ella giraba y giraba mientras mi mano se alzaba, atrapando un mechón de su cabello rubio entre mis dedos. Aunque disfrutaba del suave contacto del mechón, Mary lanzó un grito de dolor. Fue entonces cuando nuestros ojos se encontraron. Pude ver su nariz fina y sus grandes labios rosados y carnosos muy cerca de mí. A medida que exploraba y descubría la vida silvestre en Sudamérica, no esperaba encontrarme con una estadounidense, especialmente alguien que parecía la chica de al lado, pero cada aspecto de ella era único. En ese instante, entregué mi corazón a esta belleza.

Con el paso de los años, su rostro envejeció ligeramente, sus caderas se ensancharon un poco, pero nada de eso importaba. Para mí, ella seguía siendo tan sensacional como en esa pista de baile, incluso su personalidad era tan picante como la música latina. Disfrutando del aire libre, la pesca y los deportes, incluso frente a las cámaras, ella brillaba como un tamal. Ella era más de lo que merecía en una esposa. Pasamos muchos años felices antes de que yo comenzara a beber.

Con la temperatura del aire cayendo y el sol desapareciendo del cielo, las luces del avión y la linterna iluminaban el cañón mientras viajábamos hacia el borde de la montaña.

"¿No me vas a colgar boca abajo de nuevo?" preguntó Sean a Saul. "No", dijo Saul.

Miré hacia la entrada alta de la cueva. Estaríamos lo suficientemente seguros, de todo menos de lo que podría trepar como el leopardo. Los animales árticos son blancos para no ser vistos a simple vista, permitiendo que la presa se vuelva omnipotente y que el cazador se acerque sin ser detectado. El leopardo de las nieves no es diferente. Es un impresionante animal blanco plateado y una de las criaturas más esquivas del mundo. Caza, vive y muere solo. Con un territorio de alimentación que abarca varios kilómetros, es uno de los animales menos registrados. No se sabe mucho, pero este poderoso felino sigue siendo temido. Descendiente del tigre dientes de sable, sus enormes patas contienen garras afiladas y una boca llena de dientes afilados que solo un vampiro podría apreciar.

Con la pistola de bengalas apuntándonos a la espalda, Sean y yo trepamos por las rocas. Saul y Bret nos siguieron. Bret ayudó a Sean a subir la tercera roca más traicionera.

"Estarás bien", dijo Bret, sarcásticamente. "Solo recuerda no cortarte". Sean me miró, el miedo escrito en su rostro.

"Lo superaremos", le aseguré rápidamente, tratando de no pensar en el letal felino blanco.

Desde esta altura, pude distinguir la parte delantera del avión con las letras PLANET X uniéndose en un punto. Jack había enviado el jet de la compañía en lugar del carguero. Un grupo, del tamaño de hormigas a esta distancia, se dirigía hacia el avión, entre ellos uno con largo cabello rubio.

Primero, ella subió las escaleras. Después, dos personas bajaron y entraron en el Polar I. Regresaron al avión con un gran baúl marrón. No tardé en darme cuenta de que solo había una cosa que valía la pena llevar en el Polar I: "Los hermanos se están llevando nuestra comida".

Saul miró en dirección al avión. "Bueno, uno nunca sabe" "¡No!" jadeó Sean.

Nos llevaron más adentro de la cueva, llevándonos a la primera gran galería. Bret exigió que nos sentáramos. Mientras nos movíamos sobre el frío hielo, Saul sacó una cuerda de debajo de su abrigo y comenzó a atar las manos de Sean y las mías, de espaldas.

Después de terminar, Bret caminaba de un lado a otro, observando el nudo que había hecho. Luego sacó un cuchillo de su bolsillo y lo abrió de golpe. Avanzó hacia Sean, y la luz hizo brillar la hoja plateada del cuchillo justo frente a su rostro, mientras sus ojos azules destellaban como los de un demonio.

Yo tenía miedo de lo que podría hacer. "¡Deja en paz a mi hijo!" demandé, enérgicamente.

"Lo que Mary no sabe no puede hacerle daño". Bret se alejó un paso de Sean y me cortó rápidamente el brazo. La hoja me cortó desde el hombro hasta el codo. El profundo corte me hizo estremecer de dolor, pero Bret ni siquiera tuvo que explicarme por qué era necesaria aquella repentina acción violenta. La sangre atrae a los carroñeros viciosos.

Con el olor a herida acechando en el aire, no quedaríamos suficientes para el amanecer. "Nos dejas morir a manos del leopardo", dije, "y te llevas tanto a Mary como el dinero".

"Siempre tengo un plan de respaldo". Bret esbozó otra sonrisa de cocodrilo. "Cuando Mary regrese no encontrará nada"

Nuestros atacantes comenzaron a retirarse, llevándose nuestra única fuente de luz, la linterna. Sintiendo la sangre correr por mi brazo, supliqué por la vida de mi hijo. "No abandones a Sean, Bret. Llévatelo. Él no dirá nada". "Si él desacredita la película, nadie le creería, ¿verdad?"

"Bret, por favor, él también es hijo de Mary".

"Así es".

"Entonces, perdona su vida por ella", rogué.

"Ella me tendrá para apoyarla durante nuestro duelo", dijo. "Estoy seguro de que necesitará mucho consuelo al perder a su esposo e hijo de una vez".

A través de la oscuridad, Bret giró rápidamente la linterna y la enfocó en el rostro de Sean. "No hay resentimientos, chico. Estás a punto de conocer a los verdaderos monstruos del hielo de los que tu padre te advirtió. Solo sé agradecido de no convertirte en un hijo de puta codicioso como yo".

Con la luz apagada, la cueva se oscureció. Todo lo que pude escuchar fue el repentino llanto de mi hijo atado detrás de mí.

CAPÍTULO 22

Una paz temporal y engañosa se instaló hasta que los vellos de mis brazos se erizaron. Escuchando los llantos de mi hijo, supe que mi repentino desespero no se debía solo a su angustia.

Un nuevo crujido llegó desde la entrada de la cueva. Tratando de ver a través de la oscuridad, percibí movimientos de sombras. Temblé por algo más que el frío, temblé al oír el crujir de pies moviéndose metódicamente hacia adentro.

"¿Hijo, te estás moviendo?" le pregunté.

"Papá, ¿qué es ese ruido?" ¡Swoosh! ¡Swoosh! ¡Swoosh!

"¿Quién está ahí?" pregunté a la oscuridad.

A centímetros de mi rostro, unos ojos rojos aparecieron repentinamente. Enfrentándome al diablo mismo, mi cuerpo retrocedió. Pero tan rápido como brillaron, esos ojos centelleantes desaparecieron.

"¿Ves algo?" preguntó Sean. "¿Qué pasa?"

Otro arrastrar de pies por el suelo anunció los pasos de mi inoportuno descubrimiento. La conciencia volvió lenta y borrosamente; decidí que tenía que luchar contra lo que fuera aquello con las manos atadas a la espalda.

"Papá..".

"No te alarmes", expliqué. "Hay un animal en la cueva, quizás un zorro o algo así".

"¿Un animal grande?"

Recordé haber visto esas gemas carmesí, que eran casi del mismo tamaño que las de los supuestos Pie Grande, a través del vidrio. Pero algo era diferente; esas pupilas redondas parecían tener una forma octagonal. ¡Qué extraño! ¿Qué criatura en estas tierras podría tener unos ojos así? Los ojos de un oso no se parecían en nada. "No tengo ni idea", murmuré.

¡Swoosh! ¡Swoosh! ¡Swoosh! Una chispa iluminó la cueva.

Sean soltó un grito de horror.

Descubrí lo imposible. En el centro de la cueva, sobre una pila de troncos, una enorme criatura de pelaje blanco sostenía un tronco con llamas encendidas en un extremo. En un instante, dejó caer la rama encendida en la pila. Pie Grande, Yeti, el Abominable Hombre de las Nieves, como quiera llamarlo, no le hace justicia; manos grandes, pies enormes, y el olor crecía rápido y repugnantemente, más potente que el aerosol de una mofeta. Un hedor horrible llenó la cueva, haciéndome lagrimear los ojos.

Junto a sus piernas de tronco de árbol, se sentaba un leopardo de las nieves. Alrededor del cuello del grueso felino había una correa hecha de cuerda. Este increíble felino del tamaño de un puma, un poco más pequeño que el tigre rayado de la India, era sigiloso, pesado y plateado como la nieve. Los largos bigotes se movían mientras un siseo escapaba entre dientes gigantes. ¡Qué raro era siquiera vislumbrar a un mamífero tan magnífico! En otro tiempo y lugar, me habría emocionado completamente.

Preguntándome cómo cualquiera de la tripulación atrapó al felino más esquivo del mundo y lo entrenó para caminar con una cuerda, cuestioné rápidamente: "¿Cuándo capturó el zoológico a un leopardo de las nieves?"

Los troncos se encendieron y la cueva se iluminó y calentó mientras mi hijo y yo esperábamos una respuesta. Durante bastante tiempo, la bestia se sentó en una roca, evitándonos.

"¿Quién eres tú?" lo miré detenidamente, notando la enorme constitución de esta criatura. Solo Mike tenía una complexión tan impresionante con enormes bíceps que había obtenido de años de culturismo profesional. "¿Mike?"

"Papá, mira". Sean tenía su rostro vuelto hacia la entrada de la cueva.

Aparté la mirada del monstruo y vi un montón de pequeños peces de color cebra. No podía oler nada más que la bestia, así que asumí que estaban congelados. "Genial, sushi esta noche".

De repente, la criatura se levantó y comenzó a caminar. No desvié la mirada de ella, observando el disfraz para intentar descubrir quién era y dónde estaba la cremallera debajo de su largo cabello. Por su tamaño, deduje que debía ser Mike, que medía siete pies de altura y parecía aún más alto cuando estábamos sentados.

"¿Mike, eres tú?"

La criatura agarró una gran piedra cerca de los peces y la levantó por encima de su cabeza. "Papá", advirtió Sean. "¡Cuidado!"

Pensando que la bestia iba a lanzarla e impactarnos a cualquiera de los dos, supliqué: "Aceptaré la historia de la película, solo no lastimes a mi hijo. ¡Vimos a Pie Grande en la nieve! ¡Lo hicimos! ¡Yeti, montones de ellos! Los primates más grandes que haya visto". Con un poderoso lanzamiento vino la roca.

Grité justo cuando la roca salió disparada y partió la cuerda entre nuestras manos. Respiré hondo mientras la criatura se inclinaba y hacía girar la cuerda.

"Nos estás liberando", hablé, sorprendido. La criatura se movió hacia el frente de la cueva. "Date prisa, hijo", exigí.

"Lo estoy intentando".

Él se dirigió a las cuerdas que había en medio de mis piernas y me arrojó la roca. Con el primer golpe la cuerda se cortó por la mitad y me puse en pie de un salto.

"¡Eres bueno, papá!"

Repentinamente, con un rugido poderoso, la criatura huyó hacia la oscuridad de la noche con el elegante leopardo saltando a su lado.

"¡Espera!" Me levanté y corrí tras la criatura y su mascota, exigiendo respuestas. ¿Quién volvió para traernos comida y fuego? Corrí hacia el frente de la cueva pero los dos ya no estaban adentro.

"Ten cuidado, papá", advirtió Sean. "No sabemos qué es eso".

Necesitando luz para viajar más lejos, corrí de regreso, agarré un tronco encendido en un extremo, y me apresuré hacia la entrada de la cueva. A través de la niebla vi una masa peluda blanca saltar treinta pies por la montaña de hielo y aterrizar de pie con el gato acurrucado en sus brazos. Lentamente, se volvió hacia atrás, bajando al gato a la nieve. Sus ojos rojos eran penetrantes.

"¡Gracias!" grité.

La bestia y su mascota corrieron fuera del alcance de la luz. Aún preguntándome quién acababa de salvar nuestras vidas, regresé junto a mi hijo.

En su mano había un pez de rayas negras y blancas con un trozo faltante en el medio. "No está tan mal, en realidad".

Una semana después...

CAPÍTULO 23

En la oscuridad de la noche, luces rojas y amarillas parpadeantes descendieron hacia las llanuras abajo.

"¿Es un avión aterrizando?" preguntó Sean.

Con la intensa nevada y la temperatura bajando, lo tranquilicé. "Parece que sí, pero tendremos que esperar hasta la mañana. Es demasiado peligroso atravesar la montaña hasta el amanecer".

Sean se sentó frente al fuego. "¿Crees que mamá regresó como prometió?"

"No lo sé. No estoy muy contento con ella en este momento", admití.

"Yo tampoco", refunfuñó. "Ni siquiera estoy seguro de querer volver a verla".

Sentado junto al fuego, lo acaricié suavemente en el hombro. "Todavía es tu madre y aunque no estemos de acuerdo con sus decisiones, ella cree que está haciendo lo mejor".

"Suena como una evasiva".

"Te quiere a ti y, en el fondo, también a mí. Solo tenemos que recordar por lo que pasé con ella, y por eso tomó medidas drásticas".

"¡Has dejado de beber!"

"Tu madre aún no está convencida. Solo es cuestión de tiempo. Por ahora, tenemos asuntos más urgentes", observé las luces intermitentes en la oscuridad y reflexioné: "¿Amigo o enemigo?"

Sean bufó. "He estado pensando en ese gran monstruo que nos desató. Era más espeluznante".

Recordando la forma octogonal de las pupilas, sonreí, "Solo llevaba diferentes lentes de contacto, eso es todo. Quienquiera que fuera no quería ser reconocido; por eso nunca se quitó la máscara. Por la estatura, supongo que era Mike".

"¿No crees en el Yeti, papá?" preguntó, curioso. "Aquí en esta isla, ¿no crees que sea posible que una criatura sobreviva y no sea encontrada?"

"No volveré a ser engañado".

Sean se levantó del fuego y fue hacia la pared. "¿Qué hay de esto, papá?"

Me dirigí hacia el gran boceto en la parte trasera de la cueva para observarlo de cerca. Las líneas estaban desordenadas y poco definidas, dificultando su interpretación. Representaba a una bestia encerrada en una jaula con un hombre sosteniendo una lanza. Este dibujo me resultaba familiar, ya que lo había visto por primera vez cuando vine a rescatar a Sean de sus secuestradores.

Toqué el dibujo negro justo arriba de la línea del cabello de la bestia. Como si fuera tiza, se borró con un rápido toque. Letras garabateadas e ilegibles se deslizaban hacia arriba. En el techo de la cueva, había otro boceto, esta vez de un avión estrellándose.

"Papá, estos dibujos deben significar algo". "Es otro intento de asustarnos", determiné.

Al escuchar un golpe detrás de nosotros, me volteé y vi el humo oscureciendo el fuego. En medio de las llamas, noté un objeto cuadrado y negro ardiendo. Me acerqué rápidamente y encontré una cinta de video con la palabra "Yeti" escrita en la parte superior.

Frenéticamente, me di la vuelta. Quienquiera que hubiera colocado la cinta de video había desaparecido.

Alrededor del fuego había huellas, grandes, tres veces el tamaño de las mías. "Papá, ¿es esa la cinta de Bret?"

"Es la falsa prueba de un millón de dólares de la existencia del Pie Grande", dije, sorprendido.

"Eso es extraño". Sean inhaló profundamente. "¿Por qué Bret volvería y quemaría la cinta que podría hacerle ganar tanto dinero, papá?"

Bajé el leño para que ardiera más deprisa. "No lo sé, pero probablemente lo descubriremos pronto". Con la esperanza de que fuera Mary en el avión que aterrizó y no Bret, dije: "Rezo para que tu madre siga de nuestro lado y venga a darnos las respuestas".

CAPÍTULO 24

Echándose hacia atrás la capucha del abrigo, Mary entró en la cueva. Le temblaban las manos y el cuerpo. Pálida como un fantasma, se dirigió a sentarse junto al fuego. Conmocionado y con sentimientos encontrados, me pregunté si debía confiar en ella.

Sean se quitó el abrigo y se lo puso sobre los hombros: "Esto te ayudará hasta que el fuego te caliente, mamá".

Mary se lo devolvió. "Tenemos más de qué preocuparnos. Cuando llegamos a Estados Unidos, Mike dijo que no tenía la cinta. Todos vimos cómo se la entregabas; ahora lo niega. Han vuelto volando, pensando que habías hecho un cambio. Tenemos que encontrar la forma de salir de esta isla antes de que amanezca". Sus ojos se clavaron en el fuego, donde ardía el último rincón del vídeo.

"La cinta ha sido destruida, mamá", admitió Sean.

Ella todavía temblaba. "¿Estás más caliente?", le pregunté.

Ella sonrió. "Estaré bien".

No pude evitar devolver el gesto. "Ni siquiera pareces molesta por que el video esté destruido".

"Tú y Sean significan más para mí que cualquier cosa. Me habría quedado antes si estuviera segura de que volverían".

Mirándola fijamente a los ojos azules, supe que lo decía en serio. Me incliné para besar sus labios fríos. Antes de poder disfrutar completamente de la conexión, escuché el golpeteo de los pasos. Lentamente, me aparté de ella, con una abrumadora sensación de fatalidad recorriéndome la espalda.

"Te amo, Adam. No me habría disgustado tanto lo que estabas haciendo contigo mismo si no lo hiciera. Por favor, no te alejes ahora", dijo Mary. Sacudiendo la nieve, Bret y Saul entraron pisoteando. Mike, de siete pies de altura, los seguía. "¿No es esto precioso? Sabía que ella nos llevaría de vuelta aquí directamente en la oscuridad. ¿Dónde diablos está nuestra cinta, Adam?"

Señalé al hombre alto con la larga barba. "Sabes a quién se la entregué".

Mike respondió: "¡Eso es mentira!"

"Cuando nos estabas amenazando, Bret, claramente le entregué la cinta a Mike. ¡No tuve elección!", le recordé.

"¡No fui yo!" afirmó Mike.

"¿Dónde demonios más estabas, en McDonald's?" Bret estalló. "¿Así que te estás quedando con lo que él dice? ¿Tampoco tienes idea de dónde está la cinta? ¿Quizás ambos están metidos en esto juntos?"

Mientras las llamas envolvían todo a su alrededor, presencié cómo el último pedazo de la cinta se desintegraba en cenizas. ¿Mike estaba diciendo la verdad? ¿Yo le había entregado la cinta al hombre enmascarado más grande, o él nos estaba traicionando a todos? ¿Era esa realmente la cinta correcta?

"Así que, ¿cuál es la historia real?" me preguntó Bret.

"Tú lo viste", le recordé.

"Revisamos el video y lo único que hay son osos polares".

"¿No era eso lo que vinieron a filmar aquí?" pregunté, encontrándolo irónicamente.

De repente, Bret se abalanzó. "¡Debería golpearte hasta que uno de ustedes me diga dónde está mi cinta!" Atrapé su puño en la palma de mi mano.

"¡Ese es mi esposo y mi hijo a quienes estás amenazando!" exclamó Mary.

Instantáneamente, Bret me empujó, haciéndome caer al suelo. Se lanzó sobre mí. Evité los golpes empujando a Bret hacia atrás. Agarró mi muñeca, arrancándome el reloj. Ahora enfadado, cuando se lanzó de nuevo, lo pateé rápidamente en la mandíbula. Su cuerpo golpeó el hielo con un golpe sordo.

"Estás actuando como una bestia", le dije.

"Oh, esto es solo el comienzo", dijo Bret, sentándose y frotándose la mejilla.

"Esto se acabó. Nos subimos a ese avión y nos vamos a casa, o te patearé el trasero en cada pedazo de este iceberg", prometí.

Mary se arrodilló junto a Bret, revisando su labio sangrante. "Tiene razón, Bret, olvídate de todo esto".

Sobre el hombro de Mike pude ver el sol brillando en el este. Esperaba pronto estar lejos de esta tierra de hielo y vivir en Florida con vistas al cálido océano azul.

"Tendríamos que traer más trajes e inventar una excusa para que Planet X volviera a filmar aquí. Sabes tan bien como yo que entonces Adam se lo dirá a Jack. La única forma que tenemos de conseguirlo es matarle a él, a Mary y a Sean. Si siquiera lo intentaras, yo mismo se lo diría a la policía, dijo Saul.

Bret se lanzó hacia mí, pero Saul inmediatamente lo golpeó en la cara, terminando el trabajo que yo había comenzado.

De repente, Grace entró. "Entonces, ¿quién es el culpable?", preguntó.

Mike suspiró. "Olvidemos que estuvimos aquí".

"De acuerdo", dijo Saul.

"Cuando la cinta desapareció, también lo hicieron las mentiras. Esta isla ni siquiera existe", concluí.

Grace y Saul descendieron primero la montaña. Mike cargó a Bret sobre un hombro masivo y saltó. Cuando Sean y Mary siguieron el camino hacia el borde, me di cuenta de que mi reloj seguía en el hielo adentro. El reloj que Mary me había regalado en nuestro primer aniversario de bodas.

"Volveré enseguida". Fui a recuperar mi reloj. "Esperaremos al pie de la montaña", dijo Mary.

Cuando volví a entrar en la sala principal de la cueva de hielo, una criatura estaba sentada junto al fuego. Mi boca se abrió para gritar, pero la cerré en su lugar, pensando dos veces.

Poco a poco, me incliné, recogí mi correa de cuero. "Tú eres lo que eres, ¿verdad?"

"Lo que él es", vino una extraña voz profunda a mi lado, "es más de lo que tú eres".

Mis ojos se desplazaron hacia una pierna gruesa cubierta de larga piel blanca. Manteniéndome inmóvil, mi corazón latía con fuerza mientras me preguntaba qué hacer.

CAPÍTULO 25

Los ojos rojos del pequeño yeti estaban fragmentados con pigmentos de oro, unos espejuelos realmente asombrosos. Alrededor de las pupilas no había líneas que indicaran que fueran lentes de contacto.

La joven bestia levantó la cabeza como si también estuviera curiosa acerca de mí. Con aprecio apasionado, mi corazón latía con fuerza. Levanté una mano temblorosa hacia la pequeña cabeza peluda y la acaricié suavemente.

"¡Aaagh!", gruñó la criatura más grande.

Pensando si mi contacto no era aprobado, valientemente giré la mano del pequeño, comparándola con la mía. Tenía cinco dedos, pero diferentes a los de un humano. Los fondos eran negros y duros como los de un simio. Moví la mano peluda blanca hacia mi mejilla y disfruté de su suavidad. Lentamente, las garras se retractaron de las puntas. Rápidamente, decidí que era mejor soltarla.

La bestia más grande soltó un quejido.

Mis vellos se erizaron en la parte posterior de mis brazos cuando él se acercó, estando a unos siete pies por encima de mí. El olor era fuerte, coincidiendo con el de quien nos había desatado. Decidí ponerme de pie y alejarme del niño, por si acaso su padre interpretara mi reacción como miedo, viendo cómo sus uñas se tensaban.

La criatura grande no apartó sus ojos protectores de nosotros. Supuse su alta inteligencia. ¿Era este el que nos liberó? ¿Acaso él puso la cinta en el fuego?

La bestia golpeó con la mano la pared justo encima del dibujo de un avión que partía mientras vitoreaba en señal de aprobación. Levantó los brazos de forma similar y volvió a golpear contra la roca.

Entendí el mensaje no verbal. Me estaba diciendo, sin lugar a duda, que me fuera.

A mi derecha, vi cómo un enorme bloque de hielo se deslizaba. Detrás de él, apareció otro de ellos: una criatura robusta con pelaje abundante en el pecho. El niño se apresuró a correr. La hembra lo tomó en brazos y se aferró a su espalda.

¿Acaso había otros al otro lado, toda una comunidad de machos, hembras y más crías?

Me estremecí mientras una lágrima recorría mi mejilla, sintiéndome parcialmente en estado de shock y parcialmente aterrado. Los libros anteriores retrataban al Yeti como monstruos, pero yo no compartía esa visión. Para mí, son seres inteligentes, hermosos, esquivos y demasiado independientes como para vivir en cautiverio.

La criatura más grande extendió lentamente su mano como si quisiera que la estrechara. La balanceó frente a mis ojos durante bastante tiempo.

La agarré. En el aire nos tocamos brevemente y luego soltó un chillido rápido antes de que el grupo se arrastrara detrás de la roca. Antes de que el macho pudiera empujar el hielo de nuevo, pasé corriendo junto a él y me encontré con docenas de ojos rojos mirándome en la oscuridad.

"¡Adam!" escuché a Mary gritar.

Atrapado entre el deseo de explorar y preocuparme por la seguridad de mi esposa, me volví. La criatura golpeó el reloj contra mi pecho, me empujó hacia atrás y rodó el bloque de hielo. Ahí fue donde Mary me encontró, mirando lo que ahora parecía una pared de hielo, aferrando mi reloj.

"Lo encontraste", sonrió Mary, pero su rostro empezó a mostrar preocupación. "¿Estás bien? Pareces como si hubieras visto un fantasma".

Tomé aliento y asentí. "Estoy bien".

Me rodeó con sus brazos. Por un momento me olvidé de haber encontrado el mayor descubrimiento de mi vida. Me encantaba sentirla cerca.

"Te amo", susurró ella.

"¿Crees en segundas oportunidades y que Dios permite a las personas dar vueltas en U?"

"Vamos", dijo ella. "Y sí, lo creo".

Ella besó mis labios, suavemente. Todavía estaban helados pero no me importaba. No discutí.

CAPÍTULO 26

A medida que el avión comenzaba a elevarse en el cielo, mi corazón se regocijaba. Por primera vez en mi vida, me sentía renovado. Proteger esta especie puede ser tan gratificante como cuidar de la vida silvestre para el público.

El Yeti probablemente será descubierto algún día, pero no por mí. Son lo suficientemente inteligentes como para salvar mi vida, así que devolveré el favor.

Por ahora, dejémoslos como un mito para el mundo y que nunca sepan qué ha sido de sus ancestros. Después de todo, eso es lo mejor. En el mundo de los rascacielos y los teléfonos celulares, el Yeti puede enseñarnos unas cuantas cosas.

De repente, la sensación de la cálida mano de mi esposa apartó mis ojos de las montañas de hielo debajo. Un largo camino de recuperación se extendía ante nosotros. Vivir sobrio y mantener unida a mi familia valdrá más que cualquier recompensa financiera que podría haber obtenido al contarle al mundo sobre las criaturas.

"Si nunca vuelvo a ver hielo o nieve, me da igual", gruñó Sean, en el asiento frente a nosotros. "Quizás me inscriba en el equipo de béisbol de mi escuela. Quiero practicar un deporte cálido".

Sinceramente sabía que Sean aún no se daba cuenta de lo afortunado que él era al haber visto al Yeti.

"El cambio es bueno. Estoy pensando en cambiar de profesión yo también".

Él me mostró su aprobación. "No más limpiar las jaulas de las llamas en las vacaciones de verano. Creo que he visto suficientes cosas grandes y olorosas para toda una vida".

Al escucharlo reír, supe que nunca volveríamos a ser los mismos. Después de todo, eso no es tan malo. A partir de este día, la esperanza permanece como nuestro futuro. Al igual que el Yeti, estoy poniendo a mi familia por encima de todo, incluso por encima de mi propia naturaleza autodestructiva.

SOBRE LA AUTORA

Michele Wallace Campanelli es una reconocida escritora, cantante y personalidad estadounidense originaria de Florida. En la década de 1990, Michele fue la vocalista de la banda de heavy metal Black Widow, una de las primeras bandas femeninas en Florida en aquel entonces. Después de su paso por la banda, Michele se dedicó profesionalmente a escribir relatos cortos y novelas de ficción. Ella ha logrado un notable éxito en este campo, con nueve de sus obras llegando a la lista de los más vendidos, incluyendo dos que alcanzaron el primer puesto en el New York Times. Sus relatos han sido destacados en más de 30 antologías de best-sellers internacionales. Además de sus trabajos de ficción, Michele ha contribuido con numerosos artículos para revistas y periódicos, tanto en el ámbito de la ficción como en el de la no ficción. Sus escritos han sido publicados por diversas editoriales de renombre como Simon & Schuster, Chronicle Books, Fireside Books, y otros. Se estima que más de 57 millones de personas en todo el mundo han disfrutado de sus obras. En el ámbito personal, Michele contrajo matrimonio con Louis V. Campanelli III en 1998 en el St. Mark's UMC de Indialantic, Florida, y actualmente reside en Brevard junto a su esposo y su perro, Champ. Además de su carrera como escritora y cantante, Michele es directora ejecutiva de Regal Entertainment Services LLC, una empresa dedicada a la organización de conciertos en toda Florida. Con una profunda fe cristiana, Michele utiliza su talento para glorificar a Dios y llevar alegría a los demás a través de la música y la literatura. Un mensaje que destaca en su obra es que, sin importar los desafíos personales que enfrentemos, siempre hay oportunidades para encontrar un nuevo rumbo en la vida, un mensaje que resume con la frase: *"Sean cuales sean tus monstruos personales, Dios permite los giros en U"*.